精彩启迪智慧丛书

把台装在苍蝇身上

颜煦之◎主编

台海出版社

图书在版编目（CIP）数据

电台装在苍蝇身上：间谍故事 / 颜煦之主编. —北京：
台海出版社，2013．7
（精彩启迪智慧丛书）
ISBN 978-7-5168-0182-6

Ⅰ．①电…Ⅲ．①颜…Ⅲ．①故事—作品集—世界
Ⅳ．①I14

中国版本图书馆CIP数据核字（2013）第132816号

电台装在苍蝇身上：间谍故事

主　　编：颜煦之

责任编辑：姜　航
装帧设计：视界创意　　　　版式设计：钟雪亮
责任校对：李永娜　　　　　　责任印制：蔡　旭

出版发行：台海出版社
地　　址：北京市朝阳区劲松南路1号，　　邮政编码：　100021
电　　话：010—64041652（发行，邮购）
传　　真：010—84045799（总编室）
网　　址：www.taimeng.org.cn/thcbs/default.htm
E-mail：thcbs@126.com

经　　销：全国各地新华书店
印　　刷：北京一鑫印务有限责任公司
本书如有破损、缺页、装订错误，请与本社联系调换

开　　本：710×1000　　1/16
字　　数：178千字　　　　　　印　　张：12
版　　次：2013年7月第1版　　印　　次：2021年6月第3次印刷
书　　号：ISBN 978-7-5168-0182-6

定价：29.60元

目录 MU LU

前言 QIANYAN

　　这套丛书，是供青少年朋友课外阅读的。1000多篇故事，分门别类，篇篇精彩。这些故事，或记之于史册，或见之于名著，或流传于口头。编著者沙里淘金，精益求精，从中挑选。有的以历史事件为依据，加以整理；有的以世界名著为蓝本，加以编写；有的以民间传说为素材，加以改编。每篇故事1000余字，由专业作家和写故事的高手执笔，力求语言通俗，篇幅简短，情节丰富，适合青少年朋友阅读。

　　这里有惊险故事：冒险、历险、探险、遇险、抢险、脱险……险象环生，扣人心弦。这里有战争故事：海战、陆战、空战、两栖战、电子战、攻坚战、防御战、游击战……声东击西，出奇制胜，刀光剑影，短兵相接，其残酷激烈，使人居安思危，警钟长鸣。这里有间谍故事：国际间谍、商业间谍、工业间谍、军事间谍、双重间谍……敌中有我，我中有敌，真真假假，以假乱真，间谍与反间谍的斗争，昏天黑地，扑朔迷离。这里有传奇故事：奇人、奇事、奇景、奇物、奇技、奇艺、奇趣、奇迹……奇风异俗、奇闻轶事、奇珍异宝、自然奇观，令人目不暇接，大开眼界。这里有侦探故事：奇案、悬案、冤案……在神探、法医、大律师、大法官们的侦察、分析、推理下，桩桩疑案，终于大白于天下，罪犯都被绳之以法。这里有灾难故事：天灾人祸、山崩地裂、洪水漫野、飞蝗满天、瘟疫流行、政治谋杀、宫廷政变、劫持人质……在这些自然和人为的灾难中，涌现出一批英雄豪杰，他们舍生忘死，力挽狂澜，令人起敬。这里有武侠故事：大侠、神侠、女侠、飞侠……飞檐走壁，武艺高强，他们伸张正义，赴汤蹈火，为民除害，令人扬眉吐气，心里痛快。这里有智慧故事：记录了古今中外思想家、政治家、军事家、企业家、教育家、科学家、艺术家，以及千千万万平凡人物的聪明才智。这里有动物故事：写出了人与动物间的情谊和恩恩怨怨，诉说了人类对一些动物的误解与偏见，也写出了动物的生活习性，写出了动物间的生存竞争，表达了人们爱护动物、善待大自然的美好愿望。这里有科学故事：科学试验、科学发明、科学发现、科学探险……写出了古今中外大科学家们的科研经历，写出了他们为人类文明和社会发展所做的不懈努力，颂扬了他们的丰功伟绩。

这1000多篇故事，向广大青少年朋友展示了海洋、沙漠、丛林、沼泽、冰峰、峡谷、太空、洞穴等大自然的奇异景象和神秘莫测。这些故事，写出了恐惧、孤独、饥饿、寒冷、酷热、疾病、伤残……这些人类难以忍受的苦难。这些故事，向青少年朋友介绍了战场、商场、议会大厅、密室……这些地方所上演的一幕幕悲剧、喜剧或闹剧，展示了正义与邪恶的较量、正义战胜邪恶的经历。这些故事，表现出人的智慧和勇敢，颂扬了人的意志和力量。

这1000多篇故事，为青少年朋友塑造了许多有血有肉、可歌可泣的英雄形象，他们在这些故事中所表现出的聪明才智和顽强毅力，能使广大青少年朋友开阔视野，学到知识，增长才干。他们那种不畏艰险、一往无前的精神，更能给广大青少年朋友增添拼搏的勇气和人格的力量。

电台装在苍蝇身上

英国大使馆的一项重要情报被外国间谍窃取了。

英国情报处为此大为恼火，忙派高级特工约翰逊飞往哈根艾思克城，让他尽快把情况调查清楚。

出了事，大使馆里一切都显得戒备森严，荷枪实弹的士兵在大使馆里走来走去，对任何一个进来的人都要进行严厉的盘问。

约翰逊来到了大使的办公室中，他刚刚坐定，大使就迫不及待地向他介绍情况。约翰逊边听边点头，同时，他的脑袋飞快地运转着。根据他的推测，情报是通过窃听方式搞走的。于是，约翰逊对大使说："现在我们必须对屋子里的每样东西进行仔细检查，我估计窃听器就藏在最不易发现的地方。"

大使点了点头，他马上一挥手，让大家赶快去查看。

两天过去了，大家什么也没查到，甚至连一点线索都没有。大使无奈地向约翰逊耸了耸肩："我们都尽了最大的努力，可还是一无所获，依我看，按照大使馆里的防范措施，敌人是不可能把窃听器给安进来的，或许有了内奸。"

约翰逊沉思了片刻，他迟疑地说："你讲的也有可能，这样吧，你去把使馆里每个人的资料都拿来给我看，然后，我再通过其他办法，看看能不能查出那个奸细。"

很快，各种资料都送到了约翰逊的眼前。约翰逊叼着雪茄烟，仔细地翻阅着。这时，几只苍蝇从窗外飞了进来，有一只居然还大模大样地停在了约翰逊的脸上，约翰逊伸出手，轻轻地打了过去。那只苍蝇被打飞在地，但并没死，它很快挣扎着又飞了起来。

就在苍蝇落地的那一刻，耳朵灵敏的约翰逊忽然听到轻微的响动。那是放在地上的电子测量仪发出来的，电子测量仪是用来侦察窃听器的，由于使馆内出了事，所以它一直是开着的，如果有窃听器发出的电波，它就能接收到。

电子测量仪有反应了，肯定是有窃听器，约翰逊从椅子上一跃而起。果然电子测量仪上有显示，但显示只是出现了一下，便消失了。约翰逊忙对站在外面的大使喊道："大使，快来，房间里有窃听器！"

看了测量仪后，大使却没有一点办法："窃听器的电波只出现了一下就没了，那我们从哪查起呢？"

约翰逊并没听清大使的话，他托着下巴，自言自语道："看样子，这个窃听器是会移动的，而且，它发出的电波并不强烈，那什么东西正在移动呢？"约翰逊环视了一下房子，现在房子里只有他和大使两个人，大使刚才在外面，所以他不可能，那些摆设都是不能动的，所以也不可能。

这时，一阵嗡嗡声从约翰逊耳边掠过。

"苍蝇！只有苍蝇在动！快，快把门窗都关好，把那几只苍蝇都打下来！"

听到约翰逊的话，大使虽然觉得莫名其妙，但他还是照办了。几分钟后，第一只苍蝇被打死了，约翰逊把死苍蝇放在手心里，朝着灯光望去。那只苍蝇和别的苍蝇并没任何区别。约翰逊不相信是自己判断错误了，他握着苍蝇的尸体朝电子测量仪走去。

当那只苍蝇靠近电子测量仪后，电子测量仪竟再次发出了声响。

问题就出在苍蝇身上，约翰逊兴奋起来。他找来一根细针，轻轻地划破了苍蝇的肚子，一颗沙子一般大小的金属体显露出来。原来是你！有经验的约翰逊大喊一声："来人呀，捉拿间谍！"

经过一场乒乒乓乓的特殊战斗后，苍蝇全被消灭了。

通过对苍蝇的解剖，所有人都惊呆了，原来某国的特务机关利用苍蝇喜欢钻进室内的特点，把最细小、不易发觉的窃听器移植到它们内脏里去。这种苍蝇即使死去，电台也照样能把收到的情报给送出去。

当天，约翰逊带着胜利的喜悦回去了，同时，大使馆里也展开了消灭苍蝇的活动，一天后，大使馆所有的门和窗户都安上了纱窗。

海盗与间谍

美洲大陆的发现，西班牙人占领墨西哥，这一切历史性的变化使经由大西洋、北非沿海港口直至西班牙的航线变成了名副其实的黄金海道。西班牙人从他们的新大陆属地掠夺了大量的黄金，经由这条航道运回本土，欧洲其他国家的冒险家和商人随后也加入了这个掠夺和运输的行列。

和万物相生相克一样，航海业的发展也带来了海盗的兴起，从世界各地涌到北非海岸的亡命之徒，开始经营没本钱的买卖，他们在突尼斯、阿尔及尔等地大建立堡垒、划地为主，控制着航线，从掠夺者手里抢掠黄金，贩卖俘虏，横行了足足几个世纪。

开始的时候，海盗们只要啸聚一批不怕死的水手，弄上一艘快船，就可以开张了。过了一段时间，航线上的船只为了自卫，也都武装起来，为了躲过海盗袭击，行踪也十分诡秘，使得海盗们常常乘兴而去，败兴而归。在茫茫海洋中，要准确劫持一艘航船，确实也不是件容易的事。

于是，海盗们也联合了起来，结成帮派，在航线上各个重要港口派出了自己的间谍，收集航船出海的情报，让他们的"勇士"们准确地拦截要抢掠的对象，谍报工作一下子大大地振兴起来。

这一年的夏天，盘踞在拉巴特、以法国人让·弗列里为首的海盗集团得到了自己在墨西哥潜伏的间谍的情报，西班牙人科尔特斯在墨西哥洗劫了阿兹特克人最后一位皇帝蒙特苏玛，把他们金字塔里的宝物统统运到了海港，准备运回西班牙。那些宝物价值连城，单单黄金打造的面具就有好几十只，怎么不叫海盗们的双眼像兔子一般变红呢？

于是，弗列里下了一道命令，让罗什福、南特尔、第厄普等航线上港口里潜伏的间谍密切注意科尔特斯运宝船的动向：何时离开墨西哥，何时从一个港口到达另一个港口。要求间谍们将运宝船在各港口停靠、补充淡水和食物的时间迅速地传达到下一站，以便让弗列里的海盗船能在北非海岸截住他们。

弗列里的间谍们确实训练有素，对海港和航线又十分熟悉，尽管科尔特斯也是只狡猾的狐狸，经常变换自己的航海计划，但是，他终于无法摆脱弗列里间谍的追踪，他的行动轨迹始终掌握在弗列里手中。

运宝船快要到达海盗经常出没的北非海岸了，潜伏在达尔喀的海盗间谍发觉科尔特斯异乎寻常地在港口停留了很长时间，而且不断地往船上补充淡水和食物，那数量远远超出了到达下一个补给站的需要。他敏锐地感到，科尔特斯恐怕要出奇招。只要在下一个航程中省吃俭用，已经装上船的给养完全可以供应直达西班牙的需要，科尔特斯就可以不到北非海岸补充淡水和食物，那样，在北非海岸拦劫运宝船的计划便要落空。

在达尔喀潜伏的间谍立刻把情报和自己的分析传达到了下一站，并要下一位间谍迅速把情报送到拉巴特去，让弗列里有重新布置行动计划的机会。

十几天之后，在溽暑熏蒸、热得人懒洋洋的大西洋的海面上，一只吃水很深的商船在茫茫大海中航行。它航速不快，但完全没按照通常的航线航行。已经有好几天看不到一只船了，水手们都在忙着自己的活。那些不值班的人，却因为减少了口粮和淡水，无精打采地躺在甲板上的阴凉处，呆呆地盯着被微风轻轻吹拂的船帆，他们要在值班的时候才能填饱肚子。

而在甲板上指挥的科尔特斯却吃得饱饱的，他正为自己巧施妙计，躲过北非那些该死的海盗而感到高兴。与其他航海者一样，他也想跟海盗决一死战，过去他也是这么干的。但是，这次航行太重要了，他决不能冒一点险。

正当科尔特斯得意扬扬的时候，他在海平面上发现了几个黑点。他以为自己眼睛产生了幻觉，赶忙揉了揉眼皮，却发现确实是有几个黑点正迅速朝自己靠拢。

科尔特斯拉开单筒望远镜，远处的黑点突然变大。不好，是海盗船！他简直无法相信，海盗居然会出现在这个海区。自己的船装载着货物，行动变得很慢，无论如何逃不过身轻、速度快的海盗船。现在，只能靠自己跟海盗硬拼了。离开了固定的航线，港口那些专为打击海盗的战船，即使知道有船只遭难，也来不及赶到这个海区来搭救自己。

趁海盗还没有靠近，科尔特斯立即下令，让饿着肚子的船员吃东西，喝足水，拿起武器来保卫运宝船。与海盗船激战，船员们已不是第一次，上帝保佑，自己的船能躲过这一次灾难。

海盗船航速快，不一会儿就围了上来，运宝船连连开炮，没能击中任何一艘海盗船。为首的海盗船靠了上来，舷钩抛了过来，全副武装的海盗纷纷跳上船来，科尔特斯还想指挥船员抵抗，但是随着一声枪响，他中弹倒了下去。在这生命的最后一刹那，他的脑子里闪过的还是那个疑问：他们是怎么知道我会走这一条根本不存在的航线的？

打入敌人内部

　　世界上有一些伟大的间谍被人写进了文学作品，而被后人深深地记住。法国间谍达塔尼昂，一个火枪队的队长，在大仲马笔下成了一个不朽的人物。

　　在中世纪的法国发生了暴乱，暴乱的首领们喜欢在榆树下开火，从而被大家称为榆树党人，暴乱的首领叫拉斯·弗洛里。

　　达塔尼昂奉国王的命令率领火枪队去剿灭榆树党人，但榆树党人的势力太强，达塔尼昂恐怕一时不是他们的对手，便决定一个人先深入到敌人后方去，打探一些有用的消息，到时再进行战斗。很快，达塔尼昂便得知弗洛里需要一个牧师，来为他的士兵做祷告。

　　达塔尼昂化装成了一个隐士，他一路上向人们说着对当局的各种推测，这些推测是真实可信的，很快，他的大名就传遍了各地。当达塔尼昂来到了弗洛里的守地后，弗洛里便把他请来了，让他做自己的牧师。

　　这个假隐士带着令人信赖的表情，使弗洛里对他产生了好感，不久便让他当上了军事顾问。在这个位置上，达塔尼昂可以向国王的军队提供关于榆树党人的任何情报。

　　有一次，他还把榆树党人引进了法国国王的包围圈。进入包围圈的榆树党人还没弄明白这是怎么一回事，就遭到了迎头痛击，他们顿时乱成一团。达塔尼昂心头暗喜，他高举着枪，大声喊道："别怕，快冲呀！"在他的带领下，榆树党人纷纷向前冲去，可是他们不管怎么冲，都不顶用，原来，达塔尼昂只把他们往对方准备最充分的地方带。

　　这一仗，国王的军队大胜，榆树党人几乎全军覆灭。达塔尼昂的周围全是尸体，他见四下无人，便掏出枪，朝自己肩头开了一枪，鲜血顿时染红了他的衣服，达塔尼昂紧咬牙关，撕下一块布，包住了伤口。

　　达塔尼昂回到了弗洛里的队伍里，他一见弗洛里，脸上就露出了无限悲伤，顿时泣不成声。弗洛里见此情景，马上就明白了，他也没怪罪达塔尼昂什么。

达塔尼昂一走，弗洛里立刻露出了费解的神色，为什么有达塔尼昂参加的战斗，总是失败，而且自打达塔尼昂加入了他的队伍后，敌人好像对自己的行动都是了如指掌。看样子，这里面有问题。弗洛里对达塔尼昂起了疑心，他要对达塔尼昂进行一回考验。

达塔尼昂见自己这回又没被发现，心头不禁暗喜，回到自己的屋中后，他马上让手下给他烧了几个菜，以庆祝胜利。晚上，达塔尼昂喝醉了，他连衣服也没脱，就直接趴在桌上睡着了。

深夜，达塔尼昂鼾声震天。弗洛里派来的人悄悄来到了达塔尼昂的屋中，他见达塔尼昂睡得正香，窃笑了两声，然后小心翼翼地翻起了达塔尼昂的东西，他要找到达塔尼昂是间谍的证据，可是翻了半天，他一无所获，不禁变得心灰意冷。这时，他忽然听见达塔尼昂正在讲梦话，不由得吓了一跳。

达塔尼昂正在他的梦中，想着法国国王会怎样嘉奖他呢！

来人看见达塔尼昂酣睡的样子，想想就气，他平日里和达塔尼昂关系还不错，不相信他是法国国王的间谍，可这次弗洛里派他来完成任务，他又没办法，既然没找到达塔尼昂背叛的证据，那就说明达塔尼昂不是间谍。想到这儿，来人便打算和达塔尼昂开个玩笑。他找了一把刮胡刀，轻轻地在达塔尼昂的下巴和头上刮了起来。

片刻之后，达塔尼昂的脸蛋变成了像鸡蛋一样光溜。来人忍住笑，悄悄地逃走了。

第二天，天刚蒙蒙亮，达塔尼昂便醒了，他像往常一样来到了水池边，要好好洗个脸，昨天晚上实在喝得太多了，达塔尼昂根本不知道发生了什么事。达塔尼昂来到了水池边，正要洗脸，忽然水中的倒影吸引了他。

水中的那个影子是谁，达塔尼昂仔细看了看，大吃一惊，天哪！是谁在他酒醉之后，把他剃成了光蛋。达塔尼昂简直不敢相信水中的一切，他用手摸摸自己的头和下巴，果真是被人剃光了。

达塔尼昂赶紧回到了自己的屋中，他坐在凳子上，呆呆地想对策。他这次能打入到弗洛里的队伍里，得感谢那络腮胡子，是络腮胡子掩住了他的真实面孔，否则他早就要被人给认出来了，现在胡子没了，惟一的办法便是溜之大吉，要不然，等会被人认出来，可不好办了。

达塔尼昂不敢久待，他结束骗局，回到了自己的队伍。

间谍皇后

　　里士满是美国南北战争期间南方同盟的首都。在这里，奴隶主、庄园主们控制着一切。议会是他们的，军队是他们的，人们的一言一行，一举一动，都得符合他们的规范，稍有出轨，便要被士兵们抓进狱中，轻则受毒打、被判刑，重则会被判作北方间谍当众处死。因此，即使是同情北方的人，也不敢公开触犯禁令，以免招来杀身之祸。

　　但是，在里士满郊外的战俘营，这一天却发生了一桩令所有人不可思议的事情。就在戒备森严的营地前，突然驶来一辆马车，车上堆着高高的棉被，几个战地女护士打扮的人，背着药包，坐在车上，她们一定要进战俘营去，送棉被给那些可怜的俘虏，并且对负了伤的战俘实行人道主义的救助。

　　别说战俘营的长官，就连普通的南军士兵都对被俘的北军士兵充满仇恨，认为他们是罪有应得，要不是总统明令禁止残害战俘，战俘营里那些人，十个至少该杀了九个半。现在居然有人来替那些战俘治伤，还要送棉被给那些战俘，他们怎么会答应？要不是看她们都是女流之辈，守门的士兵早就大打出手了。

　　可是，为首的那位雍容华贵的太太却不买士兵们的账。她滔滔不绝地为自己的行为辩解，从人道主义讲到手足情深，从过去讲到将来，简直把那些战俘当做了亲兄弟。这还了得，士兵们简直气炸了肺，打算给这些不知趣的女人一点颜色看看。

　　这时候，陆军部的一位上校军官陪着战俘营的长官从营里出来，士兵们见来了做主的，立刻把事情的经过原原本本向长官们说了一遍，只要长官们一声令下，他们就可以抓那些女的，扔了那些被子，掀了那辆马车。

　　詹姆斯上校把战俘营的长官拉到了一旁，低声问他："你可认识那位夫人？她叫伊丽莎白·王尤，出身于名门贵族，是里士满王尤家族的顶尖人物，总统还得让她家三分呢。只要不出大事，你就放她一马，如何？"

战俘营的长官还是忿忿不平，这种行径简直是通敌，跟间谍差不多，怎么能轻易答应她的要求？詹姆斯苦笑着说："像她那样的出身和社会地位，会当北方间谍？间谍分子只会把自己隐蔽起来，怎么可能这样公开表示自己的同情？总统曾经关照过，伊丽莎白要胡闹就让她闹去，反正打败了北方人，我们也得有这样的人去软化他们。放行吧。"

詹姆斯可是陆军部的红人，战俘营的长官无法违拗，只得放伊丽莎白进入战俘营。事后他也没有向上司汇报，心里却存了一种想法：这妇人是通了天的，还是不招惹她为妙。

伊丽莎白闯战俘营的事一经传出，立刻遭到邻居们的攻击，从白眼到谩骂，从贴恐吓信到砸玻璃，弄得这位太太日夜不宁。但伊丽莎白可不是个好欺负的人，她直接到总统那儿去报告了发生的情况，总统只得派人去警告那些动粗的人，别骚扰王尤一家。这下子邻居们都后悔了，因为他们打听到，伊丽莎白最亲信的女仆梅丽现在正服侍着总统本人。从此以后，不管伊丽莎白做出什么惊世骇俗的行为，或者她的宅子里发生什么动静，大家一律闭起双眼，不再管这个大家惹不起的女人的事。

这正是伊丽莎白想得到的结果。她是北方在里士满所有间谍的"皇后"，詹姆斯上校、梅丽女仆是她在总统府的细作。每天傍晚，梅丽总要回到女主人身边，经常带来伊丽莎白需要的情报。

伊丽莎白在里士满北郊有块不大的菜园，园里生产的新鲜蔬菜颇受里士满达官贵人的欢迎，因此伊丽莎白的管家每天都得出城去管理运送蔬菜的事，防线上所有的哨兵都明白这一点，没有谁敢去阻拦他。这位管家当然成为把重要情报送出城的第一位通讯员，不久，珍贵的情报就会放到格兰特将军的办公桌上。

一天晚上，战俘营的卫兵发现有人偷偷绕过兵营往里士满行进，他立即把发现北方间谍潜入的事报告了长官。战俘营的卫兵们由长官们带着，紧紧追了上去，诡秘的人影消失在一处华丽的宅院旁边。

长官下了命令，把宅子包围起来，带着士兵就要往里冲。这时候，宅院的大门打开了，主人已经被响声吵醒。战俘营的长官定神瞧去，出现在门口的，就是那回闯营的贵夫人。这一回他学了乖，立即询问了几句，听说宅院里没有陌生人，便带着自己的士兵到别处搜查去了。其实，北方来人正在伊丽莎白的厨房里狼吞虎咽地填着自己的肚子呢。

就这样，在整个南北战争期间，伊丽莎白领导了一个广泛的间谍组织，北方来的间谍也把她的住宅当做一个安全港。有几次，南军的情报部门怀疑伊丽莎白是北方的间谍，打算搜查她的宅子，可是，这种怀疑报告到高级领导人那里便立即被驳回。那个心里藏不下一点心思的女人，怎么会是间谍呢？

伊丽莎白积极展开工作，一直到南军败走里士满。当北方军攻入里士满的时候，伊丽莎白兴高采烈地出现在欢迎的人群中，她立刻见到了先期入城的情报官员，他们是老熟人了。见面之后，伊丽莎白立即带着他们来到还冒着烟的联盟军司令部，在那里，她与情报官员们找到了许多对联邦政府有用的文件。

一仆六主

在美国南北战争时期，最活跃的人物不是那些在战场上叱咤风云的将军们，而是那些间谍。其中最知名的，要数菲利浦·汉森，他曾经主动和被动地为六位将军充当间谍，其中两位是北方将军，四位是南方将军。

汉森是一位南方人，但是他完全同情北方。因此，当南方的联盟政府下令所有的男人都必须参加南方军队的时候，汉森采取了逃避兵役的巧妙方法。他当了一位朋友种植园的监工，按当地法律，只有监工才能不服兵役。

当北军奇袭密西西比河入海口、占领新奥尔良的时候，汉森跟北军的领导人们结识了。谍报工作的领导人德柳斯德尔将军发现了这位天才的间谍，让汉森侦察南方将领普拉伊斯制订的军事计划。

汉森在南方有良好的关系网，而且有极其卓越的记忆力，他可以在南方各战区漫游，把所看到的南方军事设施刻在脑子里，然后毫不费力地越过双方交战线，把情报交给德柳斯德尔，然后再回到南方，继续当他的种植园监工。

在南北方往返多次之后，汉森第一次遇上了麻烦，阿拉巴马州的联盟军司令洛奇将军下令逮捕了他。在跟目光阴沉的将军对峙了一会儿之后，汉森明白了将军发火的原因，洛奇因为汉森没有参加南军而恼怒。这位间谍早有准备，推说自己的家人还在北军控制区，一旦能把他们接回，就立即参加洛奇的骑兵部队，将军可以把他的名字写进名册。于是，汉森有了第一位南方主子。

不久，汉森奉命开始为北方的道奇将军服务，任务是去密西西比地区侦察南军的防务。当汉森刚刚越过交战线的时候，他立即被巡逻队抓住了，南军的拉格尔斯将军逼着他替自己服务，并赏给他一笔钱。汉森无奈地答应当了拉格尔斯的间谍，并且领了他的钱。从此，汉森来往于南北两方就更加方便了，道奇和拉格尔斯都欢迎自己的间谍。不过汉森给拉格尔斯的那些情报，只是意义不大的，但包含着正确情况的东西。

当南北两军在维克斯堡相持了数月之后，汉森奉命去堡内弄清设防的详尽情报。汉森积极地行动起来，他送给在维克斯堡服役的一位士兵一匹马，请他领着进了维克斯堡，见到了守堡的司令官。在司令官那里，汉森真真假假地说了北方的一些情况，并投其所好，说了北方军许多坏话。司令官要他把说过的话去给全体士兵讲述一遍，用来鼓舞士气，汉森愉快地应允了。他一边巡回讲演，一边记住了堡内的防御工事，顺利地完成了侦察任务。

汉森又要从北方回到南方去了，他征得道奇将军的同意，带走了几份真实的文件，用作自己在北方做间谍工作的收获，可以向他的新南方主人戈尔斯顿将军作交待。

幸亏汉森带了那些文件。他刚越过交战线，便再一次被捕了。这一次，抓他的是福列斯特将军，一位极有心计的军队指挥官。

"你从哪儿来？"福列斯特完全不信任汉森，严厉地责问他。没料到汉森立即回答："从道奇司令部来。我是奉戈尔斯顿将军的命令前去侦察敌情的。"福列斯特立即把戈尔斯顿请来对质。幸好戈尔斯顿十分信任自己的间谍，汉森又当场把自己"窃得"的文件交给了他，这才消除了福列斯特的怀疑。

汉森的最后一次情报活动是在南军节节败退的阶段进行的。这一次，他越过交战线后，便被洛奇将军盯上了。三年前，汉森答应过，不久就到洛奇的骑兵队服役，却始终没有实现自己的诺言，洛奇将军对此十分恼火，不容汉森分说，立刻把他押进了监狱。

在监狱，汉森受到了严刑拷打，但他却一口咬定自己是替南方服务的间谍，尽管自己可能成为不幸的错误和误解的牺牲品，他却十分愿意为南方献出自己的生命。

最后，南方的地区司令官罗伯特·李将军也亲自过问了汉森的案子。他在审问过程中，问汉森是否到过某城市，汉森知道李将军对那儿十分熟悉，便根据自己掌握的情况，编造了一段天衣无缝的间谍活动故事，过目不忘的记忆力再一次救了他的命。

听完汉森的故事，李将军继续审问，他说："根据你的分析，北军最可能从哪儿发动攻击？"汉森知道南军已无力作抵抗，便老老实实地道出了北军的主攻方向。果然，这时候李将军收到报告，北军已经在汉森说的城市发动了大规模进攻，汉森的情报虽然已经毫无意义，却证明了他的可靠。

这时候，南军的兵源已十分匮乏，李将军决定把汉森编进南方军队，监视他的行动。汉森请求编进26团，他知道该团将进驻弗吉尼亚，在那里，汉森有良好的基础，可以在半路上逃出南方军队。

果然，受过刑、身体十分虚弱的汉森在弗吉尼亚得到了亲戚的帮助，从南方军队中逃了出来，他藏在亲戚家的密室里，一直躲到北方军开进城市，才得到了解救。

精神病人的狂言

19世纪初期，法国警方逮捕了一个上了年纪的医生，据可靠的情报提供，这个叫克莱尔的医生是一名英国间谍，他刺探过大量的国家机密，并成功地把情报送出了边境。于是，法国警方对克莱尔进行了审问，他们想知道克莱尔到底知道多少法国的机密，同时，他们还想通过克莱尔的嘴，得到一些英国人的情报。

克莱尔坐在审讯室里，一言不发，他只是低着头，看着自己的双脚。审讯克莱尔的警察叫德洛捷，他一贯以心狠手辣著称，现在克莱尔成了他的俘虏，他要在最短的时间里得到一切。

德洛捷用皮鞭狠狠地抽在了克莱尔坐的凳子上："别以为什么都不讲，我们就拿你没办法了，告诉你，我的皮鞭可不是吃素的。依我看，你还是趁早说吧，免得皮肉受苦。"

克莱尔仰起脸，盯着德洛捷看了两眼，突然一声冷笑，一口痰吐在德洛捷的脸上。

德洛捷气急败坏地扬起了皮鞭。克莱尔的脸上出现了一条红色的伤痕。连着好多天，克莱尔都遭到了毒打，他变得体无完肤，可就这样，克莱尔什么也没说。

德洛捷可不愿就此善罢甘休，他相信就是钢牙铁嘴，他也能撬开。德洛捷来到了监狱，他弯下腰看了看晕倒在地上的克莱尔，摸了摸他的鼻子，还有气息。于是，德洛捷让手下的人先暂不要用刑，否则把克莱尔给打死了，那什么也就得不到了。

十天后，克莱尔的伤好了些，德洛捷又去了监狱。他面带着微笑，对克莱尔说："兄弟，我知道你吃了不少苦，可你也别怪我，我也是奉命行事，要不然，我也不好向上级交待！如果你什么都告诉我的话，那你也不用吃这么多苦了！下面，我要让我全部的手下一起陪着你，直到你说话为止。"

克莱尔又被架到了审讯室。他坐在凳子上，紧张地看着德洛捷，不知道他又要玩什么花招。德洛捷先让一个手下陪着克莱尔，等克莱尔稍有困意的时候，德洛捷的手下便用手碰醒克莱尔。一整天过去了，克莱尔显得非常疲惫，但德洛捷的手下根本不许他睡觉。克莱尔惟有强打精神，拼命撑着。

夜晚来临了，德洛捷又换了一个手下来看着克莱尔，他们要做的同样是不让克莱尔睡觉。连续三天的折磨，克莱尔已经疲劳到了极点，他一点精神都没了，觉得自己要垮了。第三天的下午，克莱尔晕倒在地上。见到此情景，德洛捷才同意放他到监狱里休息片刻。

克莱尔醒来后，丧失了生存的希望，此刻他只想离开人世。克莱尔解下了腰中皮带，把皮带在屋中的横梁上打了个活结，然后他把头伸了进去。

就在克莱尔要被吊死的那一刻，德洛捷的手下发现了，他失声喊了起来："快来人呀！克莱尔上吊啦！"一听到喊叫声，德洛捷也吓坏了，他可不想让克莱尔死，不然的话，他对上级不好交待。德洛捷让人赶快抢救克莱尔。

克莱尔被送进了医院，一个礼拜后，克莱尔出院了。克莱尔出院后，德洛捷不敢再对他用什么酷刑了，生怕再出什么意外。德洛捷让人把克莱尔给带进来。

克莱尔进门后，吓了德洛捷一大跳。克莱尔像个小丑似的，他竟把褂子反穿着，一蹦一跳的，一点也不害怕德洛捷了。他来到德洛捷的面前，先伸手摸了德洛捷的脸，然后说："我认识你，你是上次和我接头的彼得。"

德洛捷满脑袋糨糊，不明白克莱尔为什么变成了这个样子。

克莱尔继续说着："彼得，上次给头儿的情报管用吧，可头儿也太小气，我找他要那么一点活动的经费，他都不给，真是的！"

陪克莱尔一同前来的医生，对德洛捷无可奈何地摊开了双手："我们也没办法，这位先生受了严重的刺激，所以得了精神病，无药可治啦！"

听到这话，德洛捷像泄了气的皮球一样，坐在了凳子上，他可不希望是这样的结果，他只好叹了口气，让人把克莱尔给带走。

就在克莱尔走到门口的时候，他回过头朝德洛捷打了个招呼："喂，下回接头还是老地方？"

"什么？"这一句话引起了德洛捷的注意，于是，他吩咐手下先不急着把克莱尔给带走。

原来，克莱尔在得了精神病后，把自己所知道的一切都给讲了出来，而且这些情报有很多是法国人想要的。

鸡蛋里的秘密

　　普鲁士和奥地利是对头，他们中间好像有打不完的仗，为了了解对方的情况，普鲁士国王弗里德里希二世收买了奥地利多恩将军手下的一名少校。

　　少校费了很大的力气，才得到奥军的全部作战计划。他急着把情报给送出去，便想到了一个送情报的好办法，他把情报装在了一个掏空的鸡蛋壳中，然后把鸡蛋放在篮子里，让人送出去。

　　少校的联络员提着这篮鸡蛋若无其事地走出了兵营，经过门哨的时候，他还和门哨打了个招呼。正在这时，多恩将军刚好出来，他认识多恩的联络员，便开玩笑问道："篮子里装的是什么好东西？"联络员一听多恩将军问他，心里开始有些担心，他还是故意摆出一副非常镇静的样子："没什么，只是一点鸡蛋。"

　　"鸡蛋？"多恩掀开了盖在篮子上的布，"正好，我们现在营养不足，你就送来鸡蛋了。"将军不由分说地从联络员手中把鸡蛋给拿了过来。

　　一见鸡蛋被将军拿走，联络员呆了，他一时不知道怎么办才好，看着将军拎着鸡蛋走进厨房，联络员来了个脚底抹油，溜之大吉，他也没敢回去把这事报告给少校，只顾自己逃命去了。

　　中午的时候，厨师发现了鸡蛋中的秘密，并把秘密报告了多恩。多恩翻开情报，仔仔细细地看了几遍，很快，他就判断出谁是间谍了。但他并没声张，而是装作什么也没发生。

　　吃完饭，将军把少校喊到了自己的办公室，他笑眯眯地问少校，近来怎么样，少校搞不清将军葫芦里卖的什么药，一时竟不敢回答。多恩摇了摇头："我看你工作得并不顺心，不然不会做这样的事。"多恩边说边把少校送出去的文件放在了少校的眼前。少校看见文件落在了将军的手上，额头上渗出了粒粒汗珠。

"你说，我该怎样惩罚你呢？"多恩问道。少校依旧沉默不语。

"我并不想处罚你，我还想给你一个机会，只是看你愿不愿意要？"

少校一听多恩这么讲，似乎看见了一线生机，他忙点头答应了。

多恩见自己的劝说成功了，显得非常高兴，他拍了拍少校的肩膀，示意他按着自己的要求，给弗里德里希二世写封信，意思是多恩在向弗里德里希二世发起进攻的问题上仍犹豫不决，而且在军事会议上，也没作最后决定，多恩决定向维也纳请示，但一周后才有结果。

弗里德里希二世得到了这个情报后，十分高兴，因为他的士兵已经非常疲倦，需要一段时间好好休整。为了庆祝这个好消息，他邀请各部队的指挥官来他的帐篷共进晚餐。

晚餐持续了很长时间，当晚餐快要结束的时候，有人向国王报告：一个奥地利逃兵刚刚来到他的防地，声称多恩将军正在进行准备，马上就要发起进攻。弗里德里希二世愣住了，片刻之后，他哈哈大笑："那个逃兵肯定是来骗我们的，想引我们上当，我可不相信他，来人啊，去给我把他杀啦！"弗里德里希二世说完，转过身对自己各部队的指挥官说道："我是非常信任我的间谍的，他们从没出过任何差错，如果少了他们，我们取得胜利的机会至少要减少一半！"

弗里德里希二世的手下都用敬佩的眼光看着自己的国王，他们根本就没有进行任何准备，晚餐结束后，他们都回去睡觉了，他们实在太累了。但是也有一个上校并不同意国王这种太平无事的观点，他和另外两个指挥官约定，他们各自的骑兵团当天夜里立即进入戒备状态。

夜色越来越暗，浓得像墨汁一样。多恩将军于凌晨三时向普鲁士发起了进攻。顿时，弗里德里希二世的军营中喊杀声响成一片。弗里德里希二世从睡梦中惊醒，他伸头向帐外瞅了瞅，只见外面火光冲天，他吓得一个跟头从床上跳了起来，连声喊道："快，快，快牵我的马来！"

幸亏那三个骑兵团做了准备，以命相拼，拼命抵挡着多恩的进攻，从而使弗里德里希二世的军队避免了全军覆没。在这场战斗中，弗里德里希二世损失了一万多人和几乎全部的装备，而且，他还有三个最优秀的将领在战斗中阵亡了。

打那以后，弗里德里希二世再也不讲什么信任谁的大话了。

邮件的秘密

西尔贝是第一次世界大战中既不用枪又不用任何破坏手段、既无领导又无帮手的一名德国间谍。

西尔贝生于1880年，从小跟父母生活在南非。他能讲一口流利的英语，因而在第二次布尔战争(1899年～1902年)期间被指派为英文翻译兼联络官。后来，他移居美国，在一战爆发后他立刻决定前往英国，充当为德国效力的间谍。当然，他很清楚，他不可能手持德国护照大摇大摆地进入英国，因而他决意首先在加拿大"销声匿迹"，以便"改头换面"。

西尔贝确实成功地以法裔加拿大公民的身份经利物浦到达伦敦，并在那里租了一套房间。此时26岁的他已过了服兵役的年龄，不过他很快就物色到了一个有利于自己施展才能的好去处。这个好去处就是隶属于英国国防部的邮检科，因为这个部门不仅审阅向新闻界公布的信息，而且更重要的是严密监视与外国全部邮电的往来。他认为这是一个无与伦比的情报来源，只要巧妙利用，完全可能把这些情报神不知鬼不觉地发往德国。

果然，军检部的头头很快就信任了他，并让他就职于邮检科的临时办公室。

在西尔贝工作的这段时间，他被指定审查德国战俘的邮件。他所获得的情报往往十分重要，而且相当紧急，因为寄往德国的邮件由于战事延误，堆积如山，这可是一个天赐良机——在发往德国的邮件中塞进他的情报，当然更加方便与安全。

他异常谨慎，绝不在办公室与住宅起草情报；他每次出门都不会忘记在住宅里留下歌剧或音乐会入场券的票根，以便在必要时能够证明自己晚上经常不在家的原因。他经常翻拍信件中有价值的情报，并在第二天清晨又重新塞进信封，寄往德国。

有一天，一位年轻姑娘的信件落到了他的手里，在这封信件中，姑娘欣喜地告诉居住在加拿大的姐姐说，哥哥由于作战英勇而荣获一枚奖章，他服役的舰船就停泊在附近的港口。这是一艘不同寻常的舰船，据说不久这类舰船就能彻底制服德国潜艇。

这封信引起了西尔贝的高度重视，他很快就弄到了一天的休假，并亲自前往写信姑娘所居住的海港小镇。他颇费周折才找到姑娘的家。姑娘当时正坐在家中看报纸，西尔贝说明了自己的身份之后就问她："你前几天是不是写信给了你的姐姐？"

"是的。"

"可你知不知道你在信中透露了Q轮(这种舰船的代号)的有关军事情报？"西尔贝严肃地提出了这个可怕的问题。

姑娘一下子惊慌失措，不知怎么办才好，因为泄露军事机密会遭到最严厉的惩罚。西尔贝趁此机会问了她有关这艘船的大量线索，对它的性能与操作有了初步的印象。第二天，他就躲在港口附近，用高倍望远镜细细地观察。从外形来看，它与普通的肮脏的小货轮没有什么两样。在以后的几个星期里，他四处奔波，几乎跑遍了英格兰和苏格兰的所有港口。

两周后，他写出了一份关于Q轮的详细报告。这些貌似小货轮的船上挂着中立国的国旗，游弋于受潜艇威胁的水域，一旦敌方潜艇发出攻击信号，全舰人员立刻装得像普通商船上的人一样仓皇失措，争抢救生艇，甚至不忘抓起船上喂养的小猫。而德国潜艇多半为了节省昂贵的鱼雷而等到对方沉船时才会靠近它，可英国人却在这个时候猝不及防地升起英国国旗，用刚才还伪装得极其巧妙的火炮对潜艇猛烈轰击。

西尔贝成功地将这份英国对付德国潜艇的详细报告通过信件辗转瑞典与荷兰，交给了德国海军参谋部。他说："我纵使用尽九牛二虎之力，也未能探到英国到底打算装备多少Q轮用于来年春季在海上游弋。"

尽管Q轮战果累累，但若不是德国人事先得到了情报，其功绩肯定还要辉煌得多。

西尔贝后来自述他的工作时，这样说："世界各地成千上万受过良好教育并且消息十分灵通的人士，他们在相互通信中所交谈的一切，每天都会像潮水一般涌向我的手里。于是我就有机会接触到各种情报，其数量之多简直令人难以想象……"

西尔贝由于根本不可能在同事们众目睽睽之下摘录要点，所以他练就了非常过硬的记忆力。他每天先用脑子记住这些情报，等回到住所后再根据记忆追记成文。因而每隔一段不太长的时间，西尔贝便能轻而易举地将一些情报发往德国。

西尔贝是个非常聪明的间谍，他在英国始终没有暴露真实身份。他之所以能够单枪匹马而又常胜不败，全在于他事事深思熟虑，处处谨慎小心。

战争结束后直到1919年6月27日英国邮检科最终被取消，他都一直平安无事。

后来当他离职时，他甚至还接到军情五处处长的亲笔感谢信，称赞他多年来忠诚、可靠的服务。

妙计送情报

在战争期间，间谍刺探情报不容易，而传递情报有的时候比刺探情报更困难。

在第一次世界大战期间，一位叫维利的德国间谍打入了法国的贝尔福城，通过各种秘密渠道，他搞到了一份重要的军事情报，要在短时间内把情报送出去。可就在维利要出去送情报的时候，却发现自己被法国反间谍组织的人给盯上了。出于安全考虑，他变得小心翼翼，开始足不出户。

法国反间谍组织的人员并不急于抓住维利，他们想通过他来个放长线钓大鱼，查到和维利接头的人，并来一个一网打尽。他们在维利的住处安排了很多人，一刻不停地对维利进行监视。

维利知道自己的处境不妙，随着时间的推移，他变得越来越着急，如果情报不及时送出去，超过一定时间，那所有的情报都是毫无用处的。维利悄悄拉开了窗帘的一角，他看见自己住处的楼下几乎全是便衣，在对面那座高楼的窗户里好像隐隐约约地能看到有人在用望远镜朝他这儿看。维利再也等不及了，他决定要冒险行动。

维利戴着礼帽，嘴上贴着假胡子，出现在法国便衣面前。那些便衣一眼就认出了维利，他们跟踪了他多日，不管维利再怎么变装，他们都能一眼看出来。维利从便衣跟前走过，还向他们露出了一丝笑意，似乎在向他们挑战。维利不慌不忙地向火车站走去，他登上了一辆开往中立国瑞士的火车。监视人员也尾随其后，上了这趟火车，他们装扮成普通乘客，散坐在各个车厢里，秘密地注视着维利的一举一动，等他和别人接头时将他们一网打尽。

维利一点也不慌张，他好像是外出旅行，有时看看报纸，有时和坐在边上的人聊聊天。看着维利悠闲的样子，法国的监视人员心里都有些急了，连续那么多天的跟踪，早就让他们精疲力竭，失去耐心，他们真恨不得上前一把抓住维利。

中午时分，维利看看手表，然后向餐车走去。维利一个人在餐车里独占了一张小餐桌，点了两个菜，要了点酒，自斟自饮起来。这餐饭维利吃了半个多钟头，在这半个钟头里根本没有人和维利接头。午饭后，维利又回到了自己车厢里的座位上，他靠在那儿，闭起了眼，好像睡着了。

等维利一离开餐车，反间谍人员便来到餐桌周围，仔仔细细地检查了一遍，看看维利有没有留下什么纸条，或者什么暗号，但检查结果十分令人失望。

列车渐渐地驶近了国境线，可和维利接头的人还没出现。在靠国境线的地方，维利下了车，于是监视人员兵分两路，一部分人下了车，继续跟踪维利；留在车上的人观察、搜索可疑目标。

列车继续向前开，在驶进了瑞士的第一个小站后，上来一个人，他好像没吃午饭，上车后，就径直来到餐车上，并在维利坐过的座位上坐了下来。吃饭的时候，这个人无意中碰翻了桌上的酒杯，酒洒了一大片，那人忙用手去擦，擦完后他又狼吞虎咽地吃了起来。吃过饭，这人伸了个长长的懒腰，点燃了一支香烟，欣赏起车窗外的美景来。吸完烟，他才回到车厢里。

反间谍人员好生奇怪，他们等那人走后，就到饭桌上看看，一切又那么平常，没有任何可引起人怀疑的地方，他们只好作罢。

跟踪维利的人看着维利走近了通往瑞士的大桥，如果现在不抓维利，等他过了桥，到了瑞士，想抓都不行了，于是大家决定下手。维利看见周围包围上来五六个人，一下子便明白是怎么回事了，但他并不慌张，反而笑嘻嘻地迎了上去，将两只手递到了法国反间谍人员的跟前，等着他们给自己戴上手铐。

维利被带回了总部，反间谍人员对他进行了突击审问。维利还是那副笑嘻嘻的样子："我知道，你们是要抓和我接头的人，我实话告诉你们，情报在你们眼皮下给送了出去，可你们都不晓得！"

听完维利的供词，反间谍人员大吃一惊。原来，就在那张维利就餐的餐桌上，这个间谍用显影墨水写下了情报，后来坐在餐桌上的人，就是来和维利接头的，他用酒精把情报给显示出来，很快读完熟记下来，等到桌布上的字迹完全消失，才从容地离去，把情报送给德国方面。

奇怪的货单

　　第一次世界大战结束了，各个国家的统治者开始联合起来，把矛头转向新成立的苏维埃共和国，要把这个他们视为洪水猛兽的共产党政权扼杀在摇篮之中。

　　这一年，在遥远的海参崴，一队商人沿着时通时断的铁道往西进发。从表面上看，他们是一伙粮食贩子，利用这兵荒马乱的年代淘金。其实，他们的主要任务是去联络顿河地区的反对苏维埃政权的部队，发动反政府的叛乱。他们的头目是美国的间谍卡拉马蒂安诺。

　　卡拉马蒂安诺这次的使命是去跟一支捷克斯洛伐克的部队联络。那一支部队原来是俘虏兵，被沙皇政府关押在顿河地区。俄国革命爆发的时候，他们因为跟沙皇站在敌对的立场上，自然而然支持苏维埃政权，并且组织成一支外国兵团，帮着红军抵抗俄国沙皇军队的反扑，维持当地的治安。

　　但是，随着时间的推移，这支部队却渐渐走向了跟苏维埃政权对立的位置上去了。当卡拉马蒂安诺的间谍跟他们联系的时候，他们答应了美国的要求，决定在顿河地区发动叛乱。为此，美国的威尔逊总统在1918年作了决定，要美国"在海参崴站稳脚跟，并帮助捷克斯洛伐克人"。这次，卡拉马蒂安诺带着美国政府的承诺，提供武器并支付1200万美元贷款，要他们杀出顿河地区，到巴库去跟英国人扶植的叛军会合。卡拉马蒂安诺的两个间谍已经先期到达顿河地区，只等卡拉马蒂安诺去拍板成交。

　　卡拉马蒂安诺是一位成熟的间谍，一路前往，他那双眼、那对耳朵却不会闲着。一路上看到有哪些部队，他们的步兵番号、炮兵番号，士兵的士气如何，地方上供应又如何，他都不肯放过。或许今后美国人从海参崴向西发展，他的这些情报会派得着用处。

　　可是，越往西行，卡拉马蒂安诺越觉得紧张，苏维埃政权已经在各地建立，老百姓已经开始习惯新的生活，而那些契卡（全俄肃反委员会）人员，个个精明老到，看到他们盯着自己的眼睛，卡拉马蒂安诺确实感到心里发怵，在整个间谍生涯中，他还从没有如此心虚呢。

卡拉马蒂安诺在俄国有七个出色的间谍，两个已经在顿河，还有两个到了巴库，海参崴留了一个，他身边还剩下两个。卡拉马蒂安诺感到无形的压力，他知道此行凶多吉少，便把手下的一个间谍找来，让他带了美国政府的信件，先期去顿河会合，并约定了时间，如果逾期见不到自己，便立刻和捷克斯洛伐克人谈判，并按计划行事。

卡拉马蒂安诺的担心并不是多余的，当他们一行经过萨拉托夫之后，各种各样的盘问立即增加起来，人们总觉得，这伙贩子走得也太远了一点，完全用不着直接去顿河地区，就可以采购到他们需要的粮食，何必再走下面这一段路呢？

卡拉马蒂安诺的那本账册，更引起了一再的怀疑。那上边用各种各样的颜色写着一组组数字，表明好几年来主人购买的面粉、食糖数量，还有从他手里买各种食粮的顾客名字以及他们之间交易的数量。

一行人来到一个叫做沃罗涅日的地方，最大的麻烦终于出现了。当地的红军以前面地区不安全为由，劝阻他们，要他们先住下，等路上平静之后再出发。卡拉马蒂安诺正要到那不安定的地方去，怎么肯回头呢？于是一遍遍去保安部门申请签发给他们下一站的通行证。无奈他们这次遇上的契卡人员软硬不吃，而且一天几次在镇上旅店里盘查，卡拉马蒂安诺只觉得大事不妙，打算一个人闯关，通过封锁线到顿河那边去。

走出沃罗涅日不远，卡拉马蒂安诺就遇上了契卡的巡逻队，队长察里科夫原来是红军通讯兵，他发现了卡拉马蒂安诺那本账簿，总觉得那些数目字有点像电报密码，便把卡拉马蒂安诺扣留了，自己去研究那本账簿。

整整一个不眠之夜，察里科夫用自己知道的各种方法去破译那些复杂的数字。但是，他发觉自己所知毕竟有限，普通的电码还可以马马虎虎应付，这种数字游戏实在玩不过来。他一定要找到破解密码的方法。可是，那位令人怀疑的商人真可谓身无长物，他的秘密究竟藏在哪里呢？

察里科夫让人再一次审讯卡拉马蒂安诺，自己却坐在黑影里，从一旁观察。那位越界的商贩被带进来了，经过一夜的关押，他憔悴了许多，依旧撑着他那根橡木拐杖。回答问话时，卡拉马蒂安诺一再申述，是出于无奈，怕超过了约定时间才破坏了规矩，商人可受不了逾期而遭受的损失。

在一旁的察里科夫终于发现了卡拉马蒂安诺的秘密，他无论坐着，或者站起来向审讯者解释账本，总不肯放下手里那根粗大的橡木拐杖，好像那是他的第三条腿。他不至于老到这种程度！

察里科夫突然从黑暗中冲出来，一把夺过了那根橡木拐杖。他发现，橡木拐杖有一段是空心的，里面不仅有解开账本密码的方法，还有他跟捷克斯洛伐克军官接头的暗号。

卡拉马蒂安诺招认了一切，但是红军要阻止叛乱为时已晚，顿河的叛军有了美国的支持，很快便跟巴库的英国人会合了。不过，他们的队伍里缺少了一名代表美国政府的间谍。

阿得尔巧破密码

1921年年底，美、英、日、中、法、意等九国在美国华盛顿召开会议，为各国海军力量限制定额。

日本考虑到当时若与英国或美国的海军作战，即使是在防守时至少也要有对方百分之七十的力量才能与之抗衡。因此日本提出英、美、日的战列舰和巡洋舰吨位比是10：10：7。

但美国对日本施加压力，逼日本把比例降到6。而日本代表却说即使是7也已经是让步了，摆出了一副决不再让的架势。

但美国的态度却强硬不变，几经谈判，毫无结果，压力反而越来越大。

原来，这个比例是日方所能接受的最低比例。此前，日本外务大臣内田给华盛顿会议日方代表的密电中指示：向7的方向努力，不得已时，6也可以接受。

而这份密码电报，早已被美国的情报人员截获，并且完全给破译出来了。

这时，日本巡洋舰的总吨位已有98 000吨，按比例日本只能再增加2 000吨，而一艘巡洋舰就是上万吨，这实际上就是不许日本再建造巡洋舰。

而当时美国巡洋舰总吨位仅7万吨，它还可以再造10万吨。

作为一国政府眼睁睁看着自己未来的敌人将超过自己，而自己却无能为力，还要签字画押批准它、承认它，其损失和羞辱无异于打输了一场真枪实弹的战争。

那么究竟美国是如何破译日本人的密码的呢？这一切其实都要归功于一个人，他就是美国陆军情报部第八处的哈巴特·阿得尔。

1918年，情报处长派给阿得尔一个严峻的任务，那就是着手破译日本人的密码。

由于日本的语言结构和习惯与欧美完全不同，所以阿得尔的工作迟迟没有进展，这一切令他痛苦不已，他几乎想放弃了。

这天情报部长又召见了阿得尔。

阿得尔一进门就感到一阵阵冷意直扑而来，他抬头看了看部长，部长正背对着他。阿得尔知道此刻部长的脸色一定不会好看的。

就这样，双方谁也没开口，沉默了很长一段时间。

阿得尔终于忍不住咳了一声，部长才回过头来，仿佛刚才根本不知道他的存在似的。

不过令阿得尔诧异的是部长并没有责怪他，而是温和地对他说道："哦，你来了很久吧？很抱歉我刚才没注意到你。"

阿得尔惊讶得一句话也说不出来。部长向他道歉，这可是从来没有过的事情。这位情报部长是出了名的"冷面郎君"，平时不苟言笑，别说道歉，就连跟部下多说几句也是极少的。

部长仿佛看穿了阿得尔的心事似的，走过来轻轻拍了拍他的肩膀，亲热地说："你别拘束，我并没有责怪你的意思。以前也许是我态度太过生硬了些，所以令你紧张，以至于你的工作毫无进展。不过，你放心，我没有怪你的意思，我只希望你能竭尽全力破译密码，以你的才智，我深信一定会成功的。"

阿得尔虽然不明白是什么原因令部长来了个180度大转变，可他感动极了，自信地一点头，说道："我一定会成功的！"

部长赞许地点了点头，说道："好，好，小伙子，努力吧，你会成功的！"

阿得尔在部长的鼓励下，又重新着手工作。同样的问题又出现了，因为无论他怎样努力，仍无法找到两种语言的对照点。

阿得尔苦思冥想了几个晚上，终于想出了一条妙计。

他急匆匆地找到部长，将他的想法说与部长听，部长听后非常高兴，不住点头称赞。

原来，阿得尔是想请情报部长出面通过日本驻美大使馆向日本政府要求，帮助美国调查一个名叫鲁道夫的德国谍报人员的个人情况。

这个谍报人员是个双向间谍，由于有一次在日本时身份暴露，被日本情报部门软禁起来。

日本方面并不知道美国调查此人的资料有什么用途，但因为此人于日本方面并无大碍，他们乐得做人情，就送给美国，好让美方欠他们一笔人情债，将来有事也好开口。

可日本情报部门又害怕直接用明语传出此人的个人情况资料，会令其他国家起疑心，将来对自己不利，所以他们斟酌再三，决定用密码输送。

其实这一切的一切早已在阿得尔的预料之中。他早就算到日本方面会出此下策的。所以一连几夜他都静候在电台旁收听来自日本方面的有关密码电讯。

总算是皇天不负有心人，他苦苦守候了四天四夜，终于接收到了这一份比黄金还贵重的资料。

第二天，日本驻美大使馆的人便送来了一份资料，当然这是已经经过破译后的了。

阿得尔拿着这两份资料一一对照，密码的秘密也就显露出来了，阿得尔从这一段密码译文中寻找规律，再推广到其他密码中，终于于1920年，成功地、全面地破译了日本密码。

就这样，在这场没有硝烟的战斗中，阿得尔替美国赢得了宝贵的一分。

巧辨内奸

　　20世纪20年代后期，整个资本主义世界发生了经济危机。美国的钢铁工人工会为了维护工人的利益，发动了全行业工人的大罢工。往常，工人的大罢工立刻会引起资本家们的恐慌，工会总会取得不同程度的胜利。可是这一次罢工却收效甚微，资本家似乎特别镇定，工会想采取的种种行为，常常被资本家们预先得知，罢工活动一下子陷入了困境。

　　罢工领导人福斯特百思不解：这一次，究竟在哪个环节上出了问题，搞得罢工委员会如此被动？他毅然启动了组织内部的秘密行动小组，让打入资本家集团内部的同志掌握敌情，也来个知己知彼。

　　不久，秘密渠道传来令人吃惊的内幕消息，罢工委员会每次开会的记录，居然都落入钢铁公司老板们手中，难怪会出现如此不正常的现象呢。

　　原因找到了，可福斯特却更糊涂了。参加罢工委员会讨论的，一共才25位委员，他们个个都是忠诚于工会事业的先进分子，绝对不会勾结资本家破坏罢工运动。再说那些讨论记录，福斯特一共只印了25份，印完之后，多余的废纸，连同刻印记录的蜡纸，都是福斯特亲自烧了的，片纸只字也漏不到外人手中，资本家们是如何弄到手的？或许在印刷过程中有偶然的疏忽？从此开始，福斯特变得格外小心，底稿由自己亲手写，让刻写人员当着自己的面刻印，印刷成品亲自分发，把一切可能的漏洞都堵得严严实实。

　　不料采取了这么严实的防范措施，记录稿照样落进老板们的手中，罢工运动依然困难重重。再这么下去，这次罢工就要夭折了。显然，工会内部混进了内奸，不把这个间谍挖出来，罢工休想取得成功。

　　怎样才能把内奸查出来，又不冤枉一个好同志呢？福斯特左思右想，终于设计出一个顺藤摸瓜的妙计，开始了清除内奸的行动。

　　下一份会议记录，依然是福斯特亲自动手。从写稿到刻印，事必躬亲。只不过在印制好的25份记录上，都编好号，每一份在不同的部位，打上不同的记号。记号是福斯特亲自打的，记号做得十分仔细，其他人用肉眼根本无法辨认，别人谁也弄不清有什么记号的记录分发给了哪个，只有福斯特心里一清二楚。

记录分发下去了，福斯特耐着性子等着，看究竟是哪一份落到了资本家手中。过了一段时间，打入资本家内部的那位同志送来了一份影印件，最新的记录稿果然又失窃了。

影印件十分清晰，福斯特做的记号清清楚楚地呈现在上面。福斯特取出暗号的底本查对，发现被窃的，是送交芝加哥铁匠国际兄弟工会全国办公室的那一份。

泄密的源头找到了，福斯特立刻让罢工委员会的纠察队暗中监视芝加哥那个办公室，务必查清是谁盗走了密件。用不着费多大工夫，纠察队立即查清了，掌管文件的女秘书玛丽最可疑，只有她有机会把秘密文件神不知鬼不觉地复制影印下来。

可是，从玛丽的出身以及她的经历来看，她又似乎不可能充当资本家的间谍。她是工人的女儿，靠自己奋斗读完了秘书专业，当了芝加哥工会办公室秘书，工作也一向兢兢业业，给人极好的印象。可不能冤枉了她。

为了查清底细，福斯特又亲自布置了一场辨奸的巧计。当下一次罢工委员会会议开过之后，新的一份记录又印刷好，一切如常地分发到25个下属的工会办公室去。芝加哥工会依旧是秘书玛丽签收了这一秘密文件。

第二天，芝加哥铁匠国际兄弟工会全国办公室的所有工作人员都按时到岗上班了。可是，当他们走进办公室的时候，却发现屋子里早就站着好几位罢工委员会纠察队的成员。两位雄赳赳、气昂昂的纠察队员站在保存文件的保险柜前，不让任何人接近。

玛丽小姐是最后到达办公室的几位工作人员之一，她像往常一样，穿着朴素，背着一只略显破旧的包。大家都清楚，她那包里除了中午的干粮外，不会有别的东西，绝不像其他的小姐那样，捎带一些化妆品。

玛丽一出现，门边的两条大汉立即跟到她的身后。办公室内屋的门打开了，芝加哥工会的主席陪着福斯特走了出来。工会主席扫了大家一眼，轻轻咳嗽一声说："昨晚，纠察队的同志发现办公室的文件柜失窃了，昨晚刚到的一份文件不翼而飞，这才要让大家一起，查个水落石出。"

满屋子的人你望望我，我望望你，不知主席的葫芦里卖的什么药，屋子里沉寂得可以听见每个人的心跳声。停了一会儿，主席又问："玛丽，文件是归你保管的，你能提供什么线索吗？"

满屋子的眼光一起集中到了玛丽的身上。玛丽嘀咕了几声，又垂下脑袋不做声了。福斯特挥了挥手，玛丽身后的纠察队员取过她的背包，当众抖开，把里边的东西统统倒在桌上。大家看到，除了玛丽那顿中饭外，包里还有一个纸卷，分明是昨天刚刚分发的会议记录。

满屋子的人都用愤怒的目光盯着玛丽，好几个人按捺不住，要冲向玛丽。福斯特长长叹了口气，拦住大家，对玛丽说："你走吧！我们不再需要你了。不过，昨晚你替老板拍摄的文件是份假货，你再也领不到他们的津贴了！"

洗衣作坊里抓间谍

20世纪30年代初，美国和苏联正式建立了外交关系。断绝了许多年的民间交往，也跟着两国关系的恢复而繁忙起来。到美国寻亲的、旅游的、进行学术交流的，一窝蜂似的涌进久违了的新大陆。有的人把美国之行当做业余淘金的机会，带一点苏联国内紧俏的生活用品回去，以高价转手卖给那些酷爱外国货的太太小姐，用来填补美国之游时钱包的亏空。

于是，在美国各主要城市，为这些游客提供服务的国际旅行社纷纷挂牌开张。他们既熟悉苏联新游客的需要，又跟美国各旅店、各旅游景点关系密切，在苏联人和美国人间颇受欢迎，迅速成为一种热门的行当。

在洛杉矶，苏联的国际旅行社也风风火火地开张了，经理是位外表英俊、脸上总带着微笑的中年男子，他叫米哈依尔·戈林。他温文尔雅的绅士派头让美国人回忆起昔日的俄罗斯贵族；他西装革履，经营旅游业精明老到，俨然是一位美国西部资深的白领阶层成员。人们几乎已经忘了，他是一位来自苏联的官员。人们更没有想到，他是苏联国家安全保卫局在美国西部的情报工作负责人。

到了美国，米哈依尔·戈林立刻广泛展开工作，在洛杉矶各个阶层结交朋友，很快奠定了旅行社在该地区的地位。他利用苏联公民在美国寻亲的要求，帮助他们达到日思夜想的目的，自己也跟这些苏联亲戚建立了良好的关系。在美国人的眼中，米哈依尔·戈林的这种活动完全是为了他的旅行社，一向讲求实际效益的美国人，喜欢用自己的准则去猜度每一位印象不错的朋友，对戈林当然也不会例外。

但是，米哈依尔·戈林的准则却与所有的美国朋友不同。他关心的只是工作。实现自己的工作目标，才是他所有活动的惟一的原则和出发点。

米哈依尔·戈林已经把到美国以后认识的人都排了队，这些美国朋友都干些什么，有什么重要的社会关系，跟苏联又有什么联系，他都弄得一清二楚。而且，他特别关心与苏联联系密切的那类朋友，当然，作为苏联旅行社的经理，他关注这样的朋友，也是理所当然的。

在米哈依尔·戈林最关注的人中间，有一位美国海军情报官员哈菲斯·萨利赫。这位有俄罗斯血统的美国军人在戈林的帮助下，见着了从苏联来的亲戚，因此对戈林十分感激，两个人的关系便逐渐热乎起来。

米哈依尔·戈林在萨利赫面前像位兄长，表现出极大的关怀，他甚至答应替萨利赫准备一笔卢布，等萨利赫合适的时候，能到苏联一游。那笔卢布已经存在莫斯科的银行里，只要萨利赫办个手续，凭他的签名，就可以到苏联任何一家银行支取。萨利赫十分高兴，立即办了手续，收下了那个存折。

不知不觉之中，萨利赫坠入了米哈依尔的圈套之中，在米哈依尔的威胁和利诱之下，他既怕米哈依尔到警察局告发，又舍不得一笔可观的外快，终于成了苏联的潜伏间谍。

到1938年，萨利赫已经多次把自己得到的情报偷偷送给了米哈依尔。他是情报官员，对米哈依尔需要的东西得来毫不费工夫，米哈依尔也从不吝惜地付报酬给萨利赫，双方均感到十分愉快。

12月间，萨利赫又给了米哈依尔几份秘密文件。因为忙着去接待一批苏联来的贵客，米哈依尔把那几份文件塞进裤袋便去忙自己的事了，一天下来，十分疲劳的米哈依尔忘记了自己裤袋里的文件。到了第二天下午，他才记起这件事来。

米哈依尔急急赶回住处，要找那条换下来的裤子，女佣却告诉他，和往日一样，换下来的衣物，一清早便送到了洗衣作坊。米哈依尔听了，略略放下心来。即使这几份文件在洗衣作坊被毁，也不致出什么差错，对洗衣工人来说，秘密文件大约等于天书。

可是，这一次米哈依尔却估计错了，作坊里的一位工人按规定在洗衣前把客人衣袋里的东西掏出来，并且逐一登记，以便洗干净后再放回原处，这位工人在登记米哈依尔裤袋里的东西时，意外地发现它竟是海军情报处的机密文件。他不敢怠慢，立刻把裤子和文件一齐送进了警察局。

警察局很快弄清了裤子和文件的来源，于是米哈依尔与萨利赫统统被逮捕了。从两国建交以来，米哈依尔是第一个被美国警方逮捕的苏联人，洛杉矶当局十分重视，组成了强大的庭审阵容。经过审讯，萨利赫和米哈依尔供认了一切，陪审团判决他们有罪。米哈依尔·戈林被判处6年徒刑，萨利赫则判了4年。后来两人一起提出上诉，在1941年被驳回。

米哈依尔要在监狱里呆到1941年的夏天。由于苏联驻美国的临时代办施加压力，米哈依尔一案经国务院建议，洛杉矶法院决定给予缓刑处理。缓刑便是释放，法院通知他，如果米哈依尔交付一万美元的罚金和全部诉讼费用，而且在48小时内离开美国，他就可以获得自由。

第二天，米哈依尔在办妥一切手续后，就上了海轮，轮船将在苏联远东城市海参崴靠岸。而那位海军情报官萨利赫，则必须在监狱里服满他的刑期。到那时候，米哈依尔已经无力再照顾他了。

冤杀图哈切夫斯基

　　战争狂人希特勒上台后，大肆进行扩军备战，欧洲大陆阴云密布，人们面临着战争的深渊。1935年5月30日，苏联元帅图哈切夫斯基在《真理报》上发表文章，揭露了希特勒的狰狞面目。这无疑戳到了希特勒的痛处，希特勒下令设法干掉这个图哈切夫斯基。

　　德军情报部接到希特勒的命令，立即着手制定杀害图哈切夫斯基的行动计划。

　　派人去暗杀？这个办法一开始就被否定了。图哈切夫斯基是名红军元帅，必定受到卫士们的严密保护，现在还没有人安插在他的身边，成功的可能性极小。万一暗杀不成，以后更没有办法下手。

　　特务头子们经过一番研究，定下了除掉图哈切夫斯基的计谋，他与斯大林的矛盾由来已久，何不借斯大林之手杀了他！斯大林刚烈多疑，对旧军官出身的图哈切夫斯基抱有成见。当时正是肃反扩大化之际，一些旧军官出身的高级将领，因持有跟斯大林不同的看法而遭逮捕或枪决，只要把斯大林弄得勃然大怒，图哈切夫斯基的性命决难保全。

　　一个借刀杀人的阴谋，就这样悄悄地开始了。

　　1936年年初，德国的《新德意志》杂志连续发表吹捧图哈切夫斯基的文章。这些文章中暗藏着激怒斯大林的词句，什么"图哈切夫斯基元帅的气质与拿破仑相仿，世界上将出现第二个拿破仑"；什么图哈切夫斯基"是一颗最明亮的新星，他闪烁在苏联这暗淡和漆黑的天空中"；什么"红军这颗星必将取代克里姆林宫上的那颗星"，等等。

　　苏联的情报部门看了这些文章，便向斯大林报告。这是怎么回事，德国人吹捧起图哈切夫斯基来了？斯大林疑窦顿生，下令秘密调查，特别提醒内务部注意，查清以图哈切夫斯基为首的所谓"军人中心"。

　　内务部刚开始秘密调查，就被安插在机要部门的德国间谍探知，德军情报部很快就知道了这个消息。

德军情报部门赶紧动手，编造图哈切夫斯基反苏的证据。他们知道，光靠散布小道消息达不到目的，必须有图哈切夫斯基反苏的铁证。

在柏林盖世太保绝密的地下室里，德军技术人员忙碌起来了。他们根据间谍提供的图哈切夫斯基的笔记，逼真地伪造出图哈切夫斯基和他的几位同事跟德军高级将领之间的来往信件，这些伪造的信件，连仪器也辨别不出是假的。信件的主要内容，有的是对苏联政策的不满，有的是商量如何进行政变，有的讨论了政变时的分工，有的是和德军将领联系如何让德军配合。为了使这些材料更具有说服力，技术人员还伪造了图哈切夫斯基出卖的情报。这些情报绝对真实、机密，都是些只有高级将领才知道的事。除了信件之外，情报人员还伪造了图哈切夫斯基出卖情报所得巨款的收据，上面有他的签字，签字的笔迹经得起任何技术手段鉴定。另有德军情报部门给图哈切夫斯基的复信，信中附有共同行动的具体方案。

伪造好这些"铁证"后，打入苏联的间谍将图哈切夫斯基企图哗变的假情报传给苏联内务部。内务部得到这一假情报吃惊不小，立即将此事上报，同时指示驻柏林使馆，要不惜一切代价将这份情报弄到，并且指示内务部的人员，加紧对图哈切夫斯基的监视。

接到内务部的指示之后，苏联驻德大使馆很费了一些手脚。情报人员四处活动，看看能用什么方法把这份重要的"情报"弄到手。

经过多方探听，情报人员终于找到了一个在德军情报部门工作的人，这个人挥霍无度，钱总是不够用。苏联特工千方百计跟他接近，设法引他上钩。他们哪里知道，这个人就是德军情报部门故意为这份假情报安排下的，上钩的又是苏联特工。

苏联特工和那位德国人打得火热，几乎每晚都混在一处。一天晚上，苏联特工开口了，向那位德国人索要一份无关紧要的情报。那位德国人感到惊讶，起初不肯答应，但他似乎经不起金钱的诱惑，再说这样的情报不难弄到手，于是勉强答应了。

苏联特工将拿到的情报和已经掌握的材料一比照，送来的情报准确无误，他拿了一笔钱给那位德国人，算是报酬。以后他又试了几次，那位德国人送来的情报都没有差错。

经过一番试探，苏联特工奉命正式行动了。他对那位德国人说，需要有关图哈切夫斯基的情报。那位德国人直摇头，说是那样机密的情报没法弄到，苏联特工向他威胁道：如果他不肯做，就将他以前出卖情报的事向德国当局告发。那位德国人咬了咬牙，答应了苏联特工的要求，不过这一次他狮子大开口，索要五百万卢布，不然的话，他不干这种提着脑袋玩的勾当。

好家伙，居然漫天开价！苏联特工磨破了嘴皮，那位德国人就是不松口。苏联特工没有办法，约定过几天再给答复。

苏联内务部接到了驻德使馆的报告，明确给予答复：为了国家的安危，可以出高价买，至于付予的金额，尽量降低些，实在没办法的话，就付五百万卢布。

经过一番激烈的讨价还价，苏联特工与那位德国人以三百万卢布成交。文件一拿到手，立即送交莫斯科。

斯大林看了买来的经过技术鉴定的假情报信以为真，他顿时怒不可遏，下令将图哈切夫斯基和有关人员逮捕。

图哈切夫斯基等八位高级将领糊里糊涂做了阶下囚，等到审讯时，他们才知道被德国人诬陷了。铁证如山，他们一个个有口难辩。审讯只进行了几十分钟，八位将领便被判处死刑，随后十二个小时以内，他们全部被枪决。

希特勒得到图哈切夫斯基被杀的消息，脸上露出了笑容。图哈切夫斯基被枪决，一定会引起一些红军将领的不满，坚决反对德国一派的势力必定受到打击，红军的战斗力也会削弱。这可真是一箭双雕的妙计！

等到这一冤案被查清，已是几十年之后的事了。

情报高手

1935年一个春天的早晨，英国伦敦又下起了大雾。随着太阳的升起，大雾渐渐散去，整个城市又开始热闹起来，上早班的工人、职员匆匆忙忙地在街道上走过。

这时，人们经常在伦敦泰晤士河边看见的一个白发苍苍的老人正悠闲地散步，他就是时事评论家贝尔特鲁德·耶可普。昨天晚上他又工作了一个通宵，阵阵的凉风向他袭来，耶可普深深吸了口气，清新的空气驱散了他的困倦，淙淙的流水使他思绪万千。

在离耶可普不远处，有一辆轿车正悄悄向他逼近，可耶可普一点也没发现。耶可普在河边停下了脚步，陷入了沉思。那辆轿车也停了下来，从车门里冲出两个彪形大汉，他们一声不响地来到了耶可普的身后，两人按住了他的双臂。

"你们干什么！"耶可普喊了起来，"救命啊！"

那两个人从口袋里掏出了一块布，一下子就堵住了耶可普的嘴，然后，他们把耶可普拖进了轿车里。

耶可普失踪了，谁也不知道他到哪里去了。几天后，他被捆绑到了德国柏林一间阴森恐怖的德军情报部的审讯室里。

德军一开始并没盘问耶可普什么，他们对他轮番进行拷打，把耶可普折磨得体无完肤。耶可普到现在也不知道这一切是为了什么，他只能用自己沙哑的声音喊道："你们这是干什么，快放了我！"

正在这时，一个德国军官走了进来，他冲耶可普冷笑道："你就是耶可普？你可真健忘，你这个英国间谍！"

间谍？耶可普脑袋里升起了一团迷雾，他死死地盯着德国军官。德国军官从口袋里掏出了一本书，扔在了耶可普的面前，大声斥问道："这本书是你写的吧，你是怎么知道这些情况的？"

　　耶可普这下可看清楚了，那本书确实是他写的，书里讲的是关于德国人的各种军事情况，书里详尽地记述了希特勒秘密地进行重整军备的军事系统和总参谋部的组成成员，其中还包括各个部队的编制，并且附有德国168名陆军各级司令的名单和经历。有一次，希特勒无意中看到了这本小册子，他大为吃惊，做梦也没想到英国人对他的情况了解得如此清楚，希特勒气急败坏地找来了情报部的军官们，把他们统统骂了一顿，并限定他们在一定时间里把书的作者给抓来，一定要查清他是怎样把这些机密情报掌握到手的。

　　情报部门的军官们马上着手对耶可普的情况进行了调查，他们相信耶可普是一名英国间谍，但从耶可普的个人资料中，却一点也看不出来耶可普从事间谍工作的痕迹。这到底是怎么回事，惟有把耶可普抓来，才能弄清楚。

　　耶可普看到了书后，不禁哈哈大笑："你们这些情报人员可真是蠢货，书里面的情况都是你们告诉我的！给我松绑，我再说。"

　　听了耶可普的话后，几名情报军官面面相觑。

　　松了绑后的耶可普扭了扭早已麻木的腰肢，对德国军官们说："你们去把这些报纸找来！"耶可普在纸上写下了一些报纸的日期。半个钟头，报纸送到了，耶可普随意打开了一张，从那天的消息中拎出了一条，并对照着书说道："你们看，报纸上是这么讲的，而我的书只是对报纸上的内容稍稍做了一些推测，你们要明白，我可是一个时事评论家，在分析时事方面有独特的能力。这张报纸上登的讣告消息讲到最近换驻纽伦堡的陆军第17师，那师长肯定就是哈泽少将。"

　　耶可普边说边打开了另一张报纸："瞧，这张报纸上提到马上当新郎的修梅曼少校是个通信官，而其岳父是第25师第26团的威鲁上校团长，参加婚礼的有第25师的师长，报纸上的照片都告诉了我这一切，怎么样，你们认为我说得准确吗？"

　　德国军官都傻了眼，他们怎么也没想到，消息是从他们那里泄露出去的。德国情报部门的军官们暗暗佩服耶可普这个"情报高手"，他们互相商量了一会，觉得不能放耶可普回去，否则的话……于是他们将耶可普给关押了起来，而整个德军不得不重新进行大调整。

间谍家庭的末日

1935年8月，檀香山珍珠港市的滨海小山上，来了一个德国家庭。他们买下了这里的一座小别墅。站在别墅的二层阳台上，可以俯瞰这座海滨城市。从近处的海滨浴场，到远处美国太平洋舰队的码头，都在灿烂的阳光里一览无余。

这个家庭的主人，是一位退休了的德国医生。屈恩大夫除了精通医术，还是一位发明家，对夏威夷的历史也有精深的研究，因此十分乐意在自己热爱的地方度过余生。

屈恩大夫的大儿子还留在德国，跟他一同到珍珠港来的，是他的太太弗里德尔、19岁的女儿露西和11岁的小儿子汉斯。老的老，小的小，这个家庭太普通、太平凡了，谁也不会多瞧他们一眼。

在珍珠港一住四年，屈恩大夫一家已经习惯了这儿。露西在市区开了一家美容院，向顾客提供最周到、最低廉的服务，因此深受高级军官的太太们的欢迎。那些太太们太关心这位小姐了，她们甚至替露西介绍了太平洋舰队里一位年轻有为的军官，两位年轻人一见钟情，已经订下了婚约。弗里德尔是位讨人喜欢的大婶，汉斯还是个天真的半大小子，他们都随遇而安，喜欢珍珠港，珍珠港也喜欢上了他们。至于那位老人，除了会带着小儿子到海边去散步以外，其余时间大多留在家里，摆弄他的最新发明和整理夏威夷的历史文件。人们已经记不清他们是从国外来的移民了，美国本来就是个移民国家嘛。

珍珠港市这么多双眼睛，其中不乏专门观察敌人的警觉的眼睛，都没有看出屈恩一家子有什么异常的情况。但是，屈恩一家的八只眼睛，却把整个珍珠港看得清清楚楚。而且，这八只眼睛一边把看到的记在心里，一边又把自己观察到的一切，都报告给了美国在太平洋上潜在的敌人——日本东京的情报机关。

太平洋舰队高级军官的太太们，一向习惯于信口开河，肚子里装不下任何一点令人感到新奇的消息。她们中哪位的先生两天后将要到哪儿出差，大约会跟太太离别多久；哪一个码头上最近又到了一艘什么军舰，那舰长是不是位英俊的年轻军官；哪位舰长住在舰上半个月没回家，他太太以为自己丈夫养着个女孩子，冲上舰艇去吵闹，却发现丈夫陪着的是个铁家伙，他们正在训练士兵操作最新式的武器呢。

每逢太太们大声嚷嚷的时候，露西总是一边干活一边笑眯眯的，有时还插两句嘴，她能不关心吗？她的未婚夫也是位海军军官呀！她的母亲也一边帮她干着活，一边听着。

汉斯可是个聪明的小家伙，常在海军码头玩耍，看到那些巨大的舰艇，也像所有好奇的孩子一样东问西问，排水量多少？作战半径如何？武器装备强不强？问得还挺内行。官兵们对这个小军舰迷的问题，当然有问必答，还常常夸小汉斯的悟性特强。

在军港附近巡逻的军官们，有时还会碰上老屈恩夫妇乘着小帆船在海岸线上游览，他们戴着遮阳帽，架着墨镜，脖子上挂着望远镜和照相机，跟那些游客一个模样。老熟人啦，双方挥挥手，打个招呼，擦肩而过，几分钟后，巡逻队就完全把这事儿忘了。

晚上，人们会漫不经意地看到屈恩家的顶楼窗户灯光闪烁不停。噢，那是屈恩又在试验他的新发明了，屈恩曾经得意地把它介绍给邻居，可谁也弄不明白，摆弄了这么多日子，屈恩的发明为什么还没搞成。日本在珍珠港的领事馆里有着最关心屈恩家灯光的人——帝国王牌间谍吉川武夫。他借助双筒望远镜，一边观察那灯光，一边做着记录。无数对日本军部十分重要的情报，就是通过这种最古老的手段，传给了吉川武夫。直到珍珠港事件爆发前五天，屈恩还逐一报告了美国太平洋舰队停泊在珍珠港的船只和它们的泊位。

那一个星期天的早晨，当像乌鸦般的日本飞机飞临珍珠港上空，并投下密集的炸弹时，屈恩一家还挤在顶楼上，轮流用双筒望远镜观察着战果，还把观察到的一切都用闪光信号传送给老搭档吉川武夫。

太平洋舰队的情报部门大约被倾泻而下的日本炸弹震醒了，在震耳欲聋的爆炸声里，他们开始意识到：战争爆发了，该警惕起来。当警惕的目光扫过珍珠港那些可供作军事观察点的要地的时候，情报官们终于发现了屈恩家顶楼上的闪光。"有人在发信号，快去！"这时候，情报官们的心中，只有敌情，再也不会顾及漂亮的美容院小姐、和气的德国大婶、聪明绝顶的金发小家伙了。

在驱车前往小别墅的路上，情报官们发觉那闪光一直在亮。当他们冲上小别墅顶楼，打开那间拥挤着一家人的楼门时，看到那一家人还在兴奋地"工作"着。屋子里洋溢着兴奋的德国话，屈恩先生则因为摆弄他那个"小发明"而累得满头大汗。

一个间谍家庭的成功，让珍珠港人永远忘不了那个悲惨的星期日。一个成功的间谍家庭，也因为他们在胜利面前太得意忘形而走向了他们的末日。

泰勒巧取情报

1937年7月7日卢沟桥事变后，美国驻华武官处的泰勒上尉奉命查明侵华日军的编制及番号。

由于日军采取了严格的保密措施，泰勒一直未能得手。

泰勒这几天更加烦躁了，因为他刚刚又收到了情报部门的最后通牒，限他务必在两星期内得到情报，否则后果将会不堪设想。

这天早上，天气特别的好，阳光明媚，鸟语花香，正是一年中最美好的春季，踏青的人熙熙攘攘，好不热闹。

泰勒这几日闷在屋子里东研究西调查，可却得不到任何一丝有关的情报，他的心情坏到了极点。朋友怕他会出事，今天硬是把他从小屋中拉了出来，叫他散散心。

他们踱步来到一处新开辟的有亭台楼阁的风景区。

这些楼台轩榭上无不是雕梁画栋，建筑师模仿了苏州园林的建筑格式，例如他们讲究亭台轩榭的布局，讲究近景远景的层次。

置身其间，确实能让人赏心悦目，流连忘返，就连刚才还愁眉不展的泰勒，此刻也兴致勃勃地高谈阔论了。

正当泰勒他们站在一座假山顶端之时，他们发现不远处的一座楼台周围围满了人。

不知发生了什么事？在好奇心的驱使下，泰勒他们也赶过去想要看个究竟。

只见一个穿着制服的老头，正指着一处不知什么东西在大声咒骂。

泰勒他们在人群的外围，看不到里面的情况，好不容易挤开外三层里三层的人，走近一看，原来不知是哪个缺德鬼，在这新建的连油漆还未全干的粉白墙壁上用毛笔大写特写"××到此一游"。

"好书法！"泰勒由衷地赞道。

那老头原先还在大骂写字人缺德，听见竟然有人胆敢说这几个不入流的字写得好，真是气不打一处来，他转身一看刚才说话的那人，却见是个洋鬼子，便没好气地又扯开了他的京片子。

泰勒在中国住了许多年，尤其是北京带给他太多的感受，他喜爱这片拥有古老文明的土地，所以他一直钻研着中国的文化、风土人情，就连北京话他也说得挺"溜"。

老头的话他根本不在意，可是他听着听着不禁陷入了沉思。

泰勒想起许多年前，曾在日本留学时的一段经历。当时他与一些同学去参观日本的古庙，发现一些古庙的木桩上总是密密麻麻地刻上了字。

他记得当时他们几位同学还一边看一边笑那些日本人挺"迂"的，写个名字不够，还变本加厉地写上什么家庭出身啦，家庭成员啦等等一些有关身世的东西。

好了！泰勒的眼前一亮，计上心头，会不会有日本的军人在名胜古迹上留名？他们日本的积习难改，很可能呀。

泰勒一把推开人群，直冲了出去。他的朋友以为他受了什么刺激，边追边喊，可泰勒早没了人影。

泰勒边跑边想，在北京诸多名胜古迹中就数颐和园第一了，何不先到颐和园中去找找看。

泰勒先到某街的各大小商铺的柱子墙壁上查看，并没发现任何日本文字。

泰勒并不灰心，他辗转又来到了长廊，一根柱子一根柱子地找，找了整整一下午，找遍了整个长廊的所有柱子，却什么也没发现。

泰勒有些泄气了，莫非日本军人根本没敢在中国的名胜古迹上留言，抑或是写了又被人擦掉了。

不会的，泰勒不住地给自己打气，一定能找到线索的，日本人这种到处签名留念的习惯是十分普遍的。

于是，下午泰勒又开始了他的寻找工作，他穿梭于游览的人群之中，颐和园的每一处景致的每一根柱子、每一面墙他都仔仔细细地查看，不放过任何地方。

下午4点钟，早已筋疲力尽的泰勒来到了万寿山，他一屁股坐倒在一尊大佛的旁边。

　　泰勒一边大口大口地喘着气，一边用手不住地扇风，好去除身上燥热的感觉。他想自己差不多把整个颐和园都找遍了，哪里有什么日本军人的留言题字，就连一个日本文字都不曾见到，更别说长篇大论地注解身世了。

　　泰勒懊恼地在大佛身上使劲一拍，那尊石头砌成的大佛坚硬异常，泰勒痛得直咧嘴，他转头去看刚才他击打过的地方，却意外地发现竟然有些日本文字。

　　泰勒揉了揉眼睛，再仔细看了看，哇！是真的日本文字呢，密密麻麻地写了许多行，其中有三个日本人是军人，他们不但签上了自己的姓名、身世，还注明了其所属的师团。

　　泰勒高兴极了，他又怕自己是在做梦，使劲拧了自己的大腿一把，很痛，说明不是做梦，那就是真的喽。

　　这下可真的是踏破铁鞋无觅处，得来全不费工夫。

　　当晚，泰勒将搜集到的"情报"稍加整理、分析，很快便弄清楚了侵华日军的有关编制的军事秘密，他在夜阑寂静的时候，将情报用密码输送回了美国。

送美国人一张地图

　　第二次世界大战，美国人一开始并没有参加，在战场上一直和德国人厮杀的主要是英国人。时间一长，英国人也显得力不从心，时刻处在危急之中。于是，英国首相丘吉尔想到了美国人，他要把美国给拉进来，以助自己一臂之力。

　　怎样才能把美国拉进来呢？丘吉尔把这项任务交给了他最为信任的英国情报人员，情报人员非常了解首相的心情，他们深知，如果不能迅速促使美国参战，英国则可能灭亡，因此他们决定全力以赴，要把丘吉尔的愿望变成现实。

　　转眼间，到了1940年，一个偶然的机会，英国情报人员发现德军纳粹党驻阿根廷首都的支部办公室墙上，有一张重新规划好的拉丁美洲国家的设想图。设想图体现了希特勒向拉丁美洲那些国家所作的许诺。

　　很快，英国情报人员便把这个消息反馈给了伦敦。伦敦的间谍总部一听到这个消息，立刻产生了强烈的兴趣，或许这张图就是把美国人拉进来的一个契机。伦敦的间谍们立刻投入了讨论之中，没用多长时间，他们就拿出了一计。

　　按照计划，必须要不惜重金把规划图弄到手。当规划图到了英国人手中后，他们把图送到了加拿大英国情报机关实验室，由那里的技术专家伪造了一幅德国式地图的草图，并且用德文写了扼要说明。做完这一切之后，英国首相丘吉尔找来了情报官威廉·斯蒂芬逊。

　　谈话是在非常秘密的情况下进行的。斯蒂芬逊坐在丘吉尔的秘室里，静静地等着丘吉尔，看样子，他估计这次任务是非同寻常的。果然，丘吉尔走进来后，和斯蒂芬逊没讲什么废话，就开门见山地说："我们得到了一张德国在美洲的规划图，现在我们要重新加工一下这张图，并把这张图送给美国人，要让美国人明白，希特勒的野心不仅仅在欧洲，就连美洲他也不会放过的，这样一来，美国人就会和我们结成同盟，和我们一同对付希特勒，计划成功的话，英国方面的压力将大为减轻。而我找你来，就是让你负责对这张图的加工！但是，这个计划千万不要让外界知道。"

听完丘吉尔的话，斯蒂芬逊立刻感到肩头担子的沉重。回去后，他立刻投入了工作中，地图制完后，斯蒂芬逊以极秘密的方式交给了当时美国情报机关的杜诺迈。斯蒂芬逊让人悄悄去给杜诺迈送了封信，说是有要事见杜诺迈，但见面的地方不能在他的办公室里，必须找一个无人注意之处。

杜诺迈心里犯了嘀咕，斯蒂芬逊这家伙搞什么鬼，看样子还真出了什么事。按照约定，杜诺迈化装成一个旅游者，饭后出来散步。他来到了公园的长凳旁，拿起一张报纸坐在那儿看了起来。过了没多久，斯蒂芬逊出现了，他也拿着报纸在长凳上坐了下来，可是他待了没一会，又站起身走了，但那张报纸他没带走。

杜诺迈知道报纸里有文章，于是他把报纸带了回去。报纸里有张机密情报，情报就是那张经过加工的美洲地图。看完图，杜诺迈倒吸了一口凉气，他不知道这张图是否是真的。猛地，他记起，斯蒂芬逊在接头的时候，说过一句话，告诉他这张图是从德国外交信使那儿偷出来的。杜诺迈明白事情的严重，他立刻让人把图送到了美国总统罗斯福的手中。

一个星期后，罗斯福总统在庆祝海军节的午餐会上宣布：他获得了一份希特勒政府绘制的、附有说明的美洲地图。会上罗斯福越说越气，他把拳头攥得紧紧的，大声说道："希特勒的野心并不只在欧洲，迟早连美洲也不会放过，你们看这张图，它明确地把中南美洲的14个国家的疆界重新作了个划分，阿根廷和巴西的领土都扩大了，委内瑞拉同巴拿马合并成了一个受希特勒控制的名叫'新西班牙'的国家，与我们美国有极大关系的巴拿马运河及整个拉丁美洲都将成为纳粹德国的势力范围……"

罗斯福说完，就向到会的人举起了那张图，一时间，会场上窃窃私语，大家都感到吃惊，那些新闻记者们纷纷举起了照相机，拍下了那张地图。

第二天，这个消息出现在欧洲和美洲的各大报纸上，所有的人都知道，希特勒的刺刀将伸进美国的"后院"，德国轰炸机将随时光临美国佛罗里达州的上空。美国人被激怒了，7天后，美国参众两院便废除了和德国保持中立的法案，授权罗斯福总统在北大西洋对德潜艇进行公开战争行动，为英国运输队护航。

就这样，一张地图使美国改变了态度，不久，美国对德正式开战。

一时失算

二战期间，法国反间谍组织收审了比利时北部的一个流浪汉。据可靠消息称，这个叫彼尔的流浪汉是德国纳粹间谍，但法国方面却没有任何证据，根本无法对他进行处罚。于是法国的反间谍组织决定对彼尔展开强大的思想攻势，让他承认自己是名间谍，并且为德国方面出力。

彼尔坐在审讯室里，显出一脸莫名其妙的表情。他见到审讯官吉姆后，马上站了起来，大声问道："为什么把我抓到这儿，我不过是个流浪汉，难道做个流浪汉也犯法？"

吉姆朝彼尔挥了挥手，示意他坐下："彼尔先生，先别太着急，我们只是有一些问题想要弄清楚，如果你真是被冤枉的，我们会很快把你给放了，但是如果你不告诉我们实情，你应该知道我们会怎样对待一名德国间谍！"

彼尔安静了下来，他瞪着双眼望着吉姆，等待着他的问话。

吉姆并不多看彼尔，他低着头在纸上画着。突然，他抬起了头，轻声地用德语问道："彼尔先生，你会数数吗？可以从1数到100吗？"

彼尔一愣，一时不知道这是个什么问题。其实，这是吉姆故意试探彼尔的，如果他是个德国间谍，那肯定会用德语回答，因为在彼尔的所有证件上都写着彼尔从没有离开过比利时，而且在学校里学的只是法语，所以德语对于彼尔来讲是陌生的。

吉姆又用法语问了一遍："彼尔先生，你能从1数到100吗？"

彼尔心里暗暗好笑，法国的反间谍组织想从这个问题上试探出我是不是德国间谍，那简直是做梦。彼尔盯着吉姆，大声念起了数字，他用法语流利地数着，没有露出一丝破绽。甚至在说德语的人最容易说漏嘴的地方他也能讲得极为熟练。念完后，彼尔露出了不经意的微笑："数数，在我们那儿连孩子都会做，你干吗问这个问题？"

"没什么，我只想考考你的智力，看看你会不会犯糊涂？"问完了问题后，吉姆没再讲什么，而是让人把彼尔给押回去。彼尔走后，吉姆倒背着手，在屋里走了几圈，他明白彼尔不会轻意暴露出自己的身份的，真是个狡猾的家伙，吉姆皱着眉头，一时也想不出什么好的办法。这时一直站在吉姆身边的一位士兵向吉姆行了个礼，告诉吉姆他有个主意，但不知能否行得通。

听完士兵的话后，吉姆笑了，觉得士兵的办法可以试一试。

天渐渐黑了下来，天边升起了一片火烧云。士兵来到关着彼尔的屋子外面，在屋外放起了火，火势越来越大，都快要烧到屋顶了。又过了一会，士兵用德语喊了起来："着火啦！快来人救火呀！"喊完后，士兵躲到了一旁，悄悄地注意着屋子的窗口。

彼尔也听到了外面的混乱声，他直起身走到窗口，向外望了一眼，然后又回去睡他的觉了，并没显出慌张。吉姆的本意是利用彼尔的慌张，让他用德语喊救命，可彼尔又没上当。

一计不成，再来一计。吉姆可不愿放弃自己的目标，他在彼尔的证件上注意到彼尔是个农民，于是吉姆又找来了一位农民，让他和彼尔谈谈怎样种庄稼，结果彼尔的话让人根本看不出来他是个外行。

按照规定，吉姆如果再拿不出证明彼尔是德国间谍的证据，那他就要把彼尔给放了。明天是最后一个机会了，吉姆还想再搏一搏。

第二天，彼尔再次被押进了审讯室，他大摇大摆地在吉姆面前坐了下来，等待着吉姆的问话。吉姆只是抬头扫了他一眼，什么也没讲，继续抄写他的东西。十分钟过去了。吉姆才长长松了口气，把手中的笔朝桌上一扔，笑眯眯地看着彼尔，然后用法语说："今天，你的事会有个结果的，但是请你等一等，等我把关于你的材料看完再讲！"说完，他又低下了头。

彼尔显得一脸无所谓的样子，朝吉姆耸了耸肩，仰起脸看起了天花板，其实他心里正暗暗盘算着，吉姆下面还有什么招来对付他。正在他想的时候，吉姆用德语冲他大声喊了一句："彼尔，你的手续全部符合规定，你只要在上面签个名字，就自由啦！"

一听吉姆这么说，彼尔脸上露出了笑意，他站起身，走到吉姆的办公桌前，抓起了笔，就要填上自己的名字。吉姆却一把按住了彼尔的手，冷笑了起来："彼尔，你现在正式被捕啦！"

彼尔一副不理解的样子，他反问道："为什么抓我！"吉姆还是笑而不答。

彼尔一拍脑袋，恍然大悟，这时他才发现自己失算了：原来，吉姆刚才说那句话时用的是德语，而彼尔居然听懂了，他的身份一下子就暴露了。

义务间谍

梅丽塔·诺伍德已经87岁了，她有一个女儿、两个孙子和一个曾孙。她出身平凡，生活简朴，账单上没有一个英镑的额外收入。但她语调平和、神情从容；虽然并不美丽，但是从未失过风度。她在自己的花园里剪草，种苹果树，做煎饼，就像任何一个南伦敦居民一样，过着平凡、优雅而幸福的生活。"她是一个弱小的老妇人，一个好夫人。"她的邻居们都没有怀疑过这一点。

所以，当人们得知她被拘捕并被指控犯有间谍罪的时候，全都目瞪口呆，半天也回不过神来。

如果不是1991年苏联解体之后，一个叛逃的克格勃（苏联国家安全委员会）高级官员将印有她的名字的间谍名单带到西方，谁都不可能想到，她竟然是冷战时期最重要的、在英国从事活动时间最长的间谍！而且，她还是一个义务间谍！

时间回到1937年，她25岁，一个未谙人世的小姑娘，但已是苏共秘密党员。从那时起，她就开始了她的间谍生涯。但她当间谍却不是为了得到什么好处，她是为了自己的信仰——她相信苏联正在从事的实验能带给人们更好的医疗条件、教育水平和更高的生活水平，但是西方却试图摧毁这个实验。同时她认为美国和英国偷偷地研究新的大规模杀伤性武器，却没有给苏联机会来拥有它。"我所做的一切，只不过想让苏联有同样的机会。我从来没有后悔过我所做的一切。"她说。

她没有受过任何的间谍训练，没有像传说中的007那样神奇，她只是一个妇人。在一个科学协会担任低级别秘书时，她的上司从来没有怀疑过她。因为信任，所有该协会最机密的文件都经她手整理过，然后交到了苏联人的手中。这个科学协会协助英国造出了世界上最早的几颗原子弹之一。苏联人利用诺伍德的资料造出了自己的原子弹，核竞赛和核平衡就从这里开始。由于苏联较早地拥有了核武器，使美国人不得不在诸如朝鲜战争之类的行动中收敛手脚。

她的间谍活动一直进行到了1972年退休为止。

她从来都没有从苏联那里得到过任何好处，她的账单上从来都没有过任何额外的收入，所有的钱都是她做秘书应得的报酬。不是苏联不给她，而是她自己不要。1979年她最后一次访问苏联时再次拒绝了克格勃的报酬，她所得到的惟一奖赏是克格勃的最高荣誉红旗勋章。她实际上为她所从事的活动感到自豪，并且不愿意承认自己是一个间谍。

她不后悔自己所做过的一切，而且她甘愿接受任何形式的惩罚，包括英国政府对她的起诉。

情报被出卖

　　1942年冬，整个巴黎都笼罩在一片恐怖之中。一个穿着黑色大衣的青年正匆匆地走过塞纳河畔，每走几步，他都要回头看几眼，生怕有人跟踪他。

　　这个青年是反法西斯抵抗小组的负责人卡尔。今天，他接到上级的情报，说是在他的小组中出了一个叛徒。可谁是叛徒呢？卡尔怎么也想不出来，他的小组连他在内只有四个人，分别是诺丹、约瑟夫和凯纳。为了查出叛徒，卡尔把另外三个人都召集到了一间屋子，如果不尽快查出的话，那他们蒙受的损失将是不可估计的。

　　卡尔在一幢楼前停下了脚步，走进了三楼的一间屋子。他一进屋，早在里面等候着他的另外三位同志都站了起来，忙不迭地问这回又有什么新任务。

　　卡尔倒背着手在屋里走了两圈，低声说："新任务就是我们四个人中间出了叛徒，上级让我们今天一定要查出是谁！"

　　叛徒？另外三个人一听卡尔这么讲，都面面相觑，谁也不言语了，每个人都没料到，和自己工作那么长时间的人里面出了叛徒。

　　卡尔从口袋里掏出一支手枪，放在桌上，压低嗓门说："在没查出叛徒前，谁也不准离开屋子一步！"

　　房间里，死一般的沉寂。四个人泥塑似的一动也不动。谁也不开口，屋子里的空气好像都停止了流动，每个人的呼吸声都能听见。

　　也不知过了多长时间，卡尔从三个人脸上一一看过去，最后，他的目光落在了诺丹的脸上："诺丹，你是叛徒吗？"

　　诺丹急得涨红了脸，惊恐地说："不是我！"

　　卡尔点点头，他的目光在约瑟夫的脸上划过。约瑟夫和卡尔对视起来，好半天，他才说："卡尔，你别盯着我看，我根本不是你想象的那种人！"

约瑟夫一讲完，待在一旁的凯纳急了："只剩下我一个人了，看来，你是怀疑我喽？"

卡尔没有一点表情，他抓起桌上的枪，在手里转了几下："现在，我们每个人都是怀疑对象，我相信，一定会查出个水落石出的，然后把这手枪里的'花生米'让他吃了！"

又是一阵沉默，四个人你看看我，我看看你，等了一会儿，卡尔瞟了一眼手表说："老是这样下去不行，我再给这个叛徒三分钟时间，如果他在三分钟内交代罪行，我就放了他！"

房间里又陷入了死一样的沉寂，只听见手表"嚓嚓嚓"的响声。卡尔提醒道："1分钟。"大家谁也没开口，相互死死地盯着看。卡尔把手表举起来，在大家面前晃了一下，又说道："2分钟！"还是没人承认，卡尔放下了手臂，说："3分钟过去了，我们给这个叛徒坦白自首的机会也过去了！"

正在这时，屋里的电话响了，所有人都吓了一跳，呆呆地望着电话。卡尔冷笑了两声，大步走到了电话跟前，拿起了电话，急切地说："对，我就是卡尔！"

大家都睁大眼睛望着卡尔，卡尔突然惊慌地说："你再讲一遍！什么？是他？好，我明白了，我知道该怎么做！！"

卡尔放下电话，神情有些激动："好了，上级终于查明了叛徒，我们现在就可以把那个家伙……"

一听到卡尔的话，凯纳和约瑟夫兴奋得一下跳了起来，而诺丹的脸色却变得苍白，他一把抢过卡尔放在桌上的手枪，大声喝道："不许动！"

卡尔盯着诺丹惊恐的眼睛说："很好，诺丹，刚才那个电话是我妻子打来的，目的是让你这个叛徒跳出来，你果真熬不住了！"

诺丹气得脸色发紫，他握着枪，一步步向门口退去，嘴里吆喝着："老实点，否则子弹可不长眼！"

卡尔朝诺丹逼近了两步，镇定地说："开枪吧！"

诺丹一扣扳机，枪里竟没子弹。

诺丹绝望了，他把枪用力朝卡尔砸去，然后夺门而逃。眼明手快的约瑟夫，一个箭步冲到诺丹面前，一拳击在了他的脑门上，诺丹应声而倒。

不被信任的人

第二次世界大战中，吉姆是个双重间谍，他一方面为英国服务，另一方面为苏联服务。吉姆是在当时的中立国瑞士收集情报的，他的行动引起了瑞士政府的怀疑。到了1943年，德国在苏联战场上的败局已定，瑞士的保安部门觉得已经没必要让太多的外国间谍在瑞士的领土上自由活动，于是，他们开始有计划地逮捕外国间谍，并将他们驱逐出境。吉姆早就知道瑞士人的决定了，但他并没有逃走，而是清除了大量间谍工作的痕迹，做完这一切，他就等着瑞士的保安部门来抓他了。

1943年11月20日，半夜12时45分，吉姆正在自己的公寓里接收苏联人的情报时，警察砸碎了他的大门，把他抓进了监狱。坐在监狱的牢房里，吉姆长舒了口气，自打进入瑞士以来，他从来没有好好休息过，这一回，吉姆觉得反而能让他放松放松，他相信逮捕他的瑞士警察不会伤害他，而在监狱里，敌人连伤害他的机会都没有。吉姆利用他带来的酒、烟和大量食品，很快和警察交上了朋友。

警察对吉姆进行了审问，但吉姆是个老牌间谍，对一切都能应答自如，警察拿他也没办法，双方心里都明白，审讯活动只不过是个形式。吉姆被关了10个月，当时，法国南部已经获得了解放，法国和瑞士之间的边界已重新开放，瑞士当局便把这个令人头痛的间谍给赶到了法国。

到了法国的吉姆，在巴黎和苏联情报中心取得了联系，但在巴黎负责情报工作的诺维可夫中校不相信吉姆，他担心吉姆是企图打入苏联间谍机构的敌国间谍，对他进行了较长时间的调查。可就在这时，苏联情报中心却突然决定，把吉姆召回莫斯科。

摆在吉姆面前的是难以接受的抉择，进入苏联，他有可能获得极大的成功，可是，如果他的英国间谍身份暴露了的话，那等待他的只有死路一条。吉姆考虑再三，他血液中的冒险天性起了作用，他断然决定冒险一搏，到莫斯科去。

吉姆摇身一变，成了"战俘"拉斯皮德。一到莫斯科，苏联情报中心便给吉姆送来了一架打字机和一长串要求他回答的书面问题。问题涉及方方面面，并且带有明显的不友好和不信任。吉姆意识到这是一场严格的审查，只要他的回答露出一点马脚，那后果都不堪设想。吉姆刚完成第一份答卷，苏联人又给他送来了第二份。这种活动一直持续了50多天，吉姆才被认为是比较可靠的苏联间谍。

后来，苏联人又把吉姆送进了间谍学校去学习。吉姆早就是个成熟的间谍，学校里的那一套，对于他来讲简直了如指掌。尽管如此，吉姆还是老老实实待在了里面，认认真真地开始了学习。

1947年，苏联情报中心同意吉姆结束学习，派他去西柏林，专门搜集美、英、法等国的情报。吉姆到了东柏林，这里虽然是苏联占领区，但吉姆仍不能公开自己的身份，他化装成了一个刚从苏联获释回来的德国战俘。然而，吉姆并没按苏联吩咐的那样做，当碰到第一个英军纠察时，吉姆便坦率地告诉对方，自己是英国皇家空军的逃兵。正如吉姆所想的一样，在很短的时间里，吉姆便被逮捕了，并被送到了英国。

吉姆早就想回到自己的祖国了，多年不安定的生活已经让他感到非常厌倦。可吉姆一回到英国，迎接他的却是上司那张冷冰冰的脸，上司为吉姆自作主张进入苏联18个月的事大为恼火，而且想当然地认为吉姆一定已经成了一个货真价实的苏联间谍，现在他是想打入英国的间谍机构！

吉姆惟一可做的便是证明自己在莫斯科期间没有叛变，但这一切又都是无法证明的，苏联情报中心是不可能出头的，即使出头，英国方面也不会相信。这样一来，吉姆从莫斯科带回的全部情报成了废纸一堆。

吉姆犹如掉进了冰窖，应付莫斯科的审查，对他来讲是一种冒险，一种奋斗；而接受自己人的审查，则完全是一种无可奈何与委屈！对于吉姆的另一个打击，便是瑞士重新对他进行了审理，吉姆在缺席的情况下被判两年徒刑，15年内不得再进入瑞士，并且没收他全部财产。由于吉姆当初被捕时，全部财产已落到了瑞士人的手中，所以这一判决让吉姆成了穷光蛋。

经过吉姆的努力，两年后，英国才勉强地相信吉姆，但他们并不用吉姆，因为用了吉姆，就等于承认吉姆是双重间谍，这对于英国政府是不光彩的事。

最后，吉姆成了一个失业者。1956年，年仅51岁的吉姆在忧郁中离开了人世。

技术间谍

梅西埃既不是那种凭窃听器和手枪搜集情报的小角色，也不是靠长期潜伏打入敌国内部获取情报的"鼹鼠"，他是一位世界著名的核物理学家。确切地说，他根本没当过一天的间谍，也没干过一件间谍活动。然而，正是梅西埃，组织策划了法国历史上最为成功的技术间谍活动。

他最突出的贡献，就是以一种别出心裁的方式来获取情报，并且为法国提前研制出了自己的原子弹。

梅西埃既然是一位核物理学家，可他又为什么要参加间谍机构的工作呢？原来，他在第二次世界大战中有一段令人心碎的悲惨遭遇。

二战中，法国被德国侵略者占领，梅西埃教授是法国科雷兹省抵抗运动的领导人，他和他的儿子曾多次出生入死，给德军以沉重的打击，而德军对他们父子也是恨之入骨。1945年夏，法西斯的败局已定，科雷兹省的德军已经开始撤退，这时，梅西埃教授儿子的20周岁生日到了，教授和儿子都非常高兴，他们在家中举办了一个小型的庆祝活动，教授兴高采烈，亲自爬进地窖去拿珍藏多年的樱桃酒。就在这个时候，教授突然听到外面传来汽车刹车声、碰击声和自动步枪的扫射声。转瞬之间，世界又陷入一片死寂。梅西埃教授从地窖里爬上来时，他的儿子已倒在了血泊中……

梅西埃教授永远不会忘记这场悲剧。他要为自己祖国的强大尽一份力量。这时的形势是：德国人在战争后期企图研制原子弹已不是秘密；美、苏、英等国在战争后争相研制原子弹也人所共知；法国如果落后一步，在国际社会中必然又将处于被人主宰的地位。作为一位核物理学家，他深感自己责任重大。

其实，梅西埃教授已经不很年轻了，他的头发稀少，只剩下后脑勺上散乱的一圈，衣服凌乱，嘴里总是习惯性地叼支香烟，看上去完全是一个迂腐的知识分子。他自己也很清楚，自己的能力和精力是有限的，如果仅凭个人的智慧和力量是研制不出原子弹的，于是他就到国外情报和反间谍局担任了科研处的负责人。

这时候别的国家都在加紧研制原子弹，谁也不肯为法国提供一点点原子弹方面的情报，而法国需要情报，需要物理学家。法国派出去的间谍，无论是大使馆的武官或情报站长，还是长期潜伏的"鼹鼠"，对此都无能为力；法国有时也派出自己的专家到友好国家去取经，人家顶多安排他们进行一次闪电式的参观，敷衍了事。梅西埃针对这种局面，制定了一个富于战略眼光的长期行动计划。

他利用过去学术界老朋友的关系，私下里向大学的教授们了解了物理、化学等学科方面高材生的使用情况，接着又同美、英等国的朋友们加强联系，不露声色地向他们推荐几位法国的留学生进行学习。就这样，在梅西埃的严格挑选下，一批批的法国年轻人悄悄进入了外国的核物理研究所。

外国的研究所对这些法国留学生并不感到担心，因为他们也怕出意外，为防患于未然，外国研究所把法国人全部打乱，只让他们接触重大机密的极小部分。和别的研究人员一样，每个学生都只是很普通的研究人员，他们独立学习研究，从个人所接触到的那一点点资料中是搞不出什么重大情报来的。同时外国核研究所还为自己打起了如意算盘——希望能从法国人里选拔出真正的人才，然后留为己用。

可是，梅西埃选送出去的这些年轻人，都对自己的祖国怀有特别深厚的感情。他们在学成之后纷纷回到了法国。毫无疑问，这些留学生都带回了在各自研究领域搞出来的小小成果。

梅西埃教授计划的诀窍，就是在他们一回国后就立即被集中到了同一科研单位，而梅西埃则把他们点点滴滴的成果一步步进行拼合、整理，最终形成一个完整的知识体系，这有点像一幅拼贴画。法国就这样掌握了世界上最先进的核物理研究成果。于是，当几个核大国认为法国还根本没能力研制核武器时，法国已经试爆了自己的第一颗原子弹！

最有意思的是，这些被梅西埃教授选中的留学生，几乎根本不知道梅西埃是谁，更不了解这个精密的计划，更有甚者，他们还对间谍活动持蔑视态度。可他们无论如何也想不到，自己曾被组织进了一个空前成功的间谍活动，并且充当了一个优秀的间谍工作者。

　　他们能想到和看到的，只不过是以自己参加了祖国原子弹制造工作而自豪万分！有时候，他们也会在某个招待会上或无意中碰见这位梅西埃教授，当他们向他致意时，怎么也想不到，他就是他们未曾谋面的良师和研究原子弹的命运操纵者。

　　而这位梅西埃教授也因此成了法国国外情报和反间谍局里一位杰出的间谍明星。

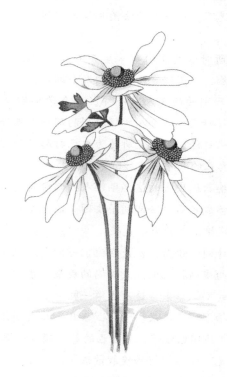

冰淇淋里的定时炸弹

1943年11月，"德黑兰会议"正在紧张地进行着。

这个月的30日，是英国首相丘吉尔69岁的寿辰，他决定趁许多国家的首脑人物都在时，隆重、热烈地庆祝一番。

不料，就在生日前一天，当一切都准备就绪时，丘吉尔的侍卫长汤姆森报告了一件令人吃惊的事：据高级谍报人员从柏林发回来的情报，德黑兰会议上某盟军领袖的私人秘书已被德国谍报机关用美女和几十万英镑收买，答应在首相生日典礼上安放烈性定时炸弹，制造"领袖爆炸案"。

汤姆森表情十分严肃地说："首相，我看应该在您的生日典礼前采用特别手段将那个私人秘书隔离开，必要的话就把他逮捕起来。"

丘吉尔来回踱了几步，考虑了一会，摇了摇头，说道："现在我们手中还没有任何证据，光凭情报来采取措施是不妥当的。万一情报不可靠，我们贸然逮捕了那个秘书，会影响同盟国之间的关系。那样，不但我的生日典礼搞不成，就连会议也要受影响，而这正是德国人所希望的。"

汤姆森感到焦虑不安，他担心地说道："首相，您的生日宴会邀请的34位客人中，也包括那个私人秘书。如果情报可靠，您的处境真是太危险了。"说到这，他停顿了一下，又说道，"我看，可以把他从客人的名单上去掉，让他没有机会去放炸弹……"

丘吉尔一挥手，打断了他的话，果断地说："应该给他出席的机会，不然盟国会怀疑我们在搞什么名堂。如果他真的想在明天动手，那么你们也正好在明天将他当场抓住。"他看了看汤姆森，一改口气，诙谐地说，"不过，你们要做到万无一失啊，不然我可真危险了。"

丘吉尔的生日庆典终于如期举行了。

丘吉尔首相领着客人们，随着音乐步入大厅。他谈笑风生，举止十分潇洒，仿佛什么事也没有发生。生日蛋糕端上来了，斯大林、罗斯福和其他客人们都兴高采烈地看着丘吉尔吹灭了上面的红蜡烛，大家愉快地为他鼓掌。

这时，那个私人秘书悄悄地从口袋里取出一个精致的小包放在礼品桌上，然后快步离开了。然而，他的一举一动都没能逃过汤姆森的眼睛，汤姆森快步走上前，拿起小包，拆开一看，里面是一只闹钟。他翻过来倒过去地仔细检查了一番，也没有发现有什么可疑之处。这会儿，宴会厅里传来一阵欢笑声，晚宴开始了。汤姆森急忙走了进去，继续盯着那个面带笑容的秘书，并暗示部下多加小心，以防不测。

宴会厅里，客人们都相继入座，他们中不时响起欢呼声和鼓掌声。汤姆森发现，斯大林和罗斯福的警卫人员都完全处于戒备状态，形影不离地跟着自己的主人，而且神色紧张。此时，只见那位秘书一言不发，好像若有所思。汤姆森心里暗想：看你到底要耍什么花招。

门打开了，一个侍者手托一只大盘出现在门口，盘里放着冰淇淋。突然，这个侍者脚下一个趔趄，脖子一伸，连人带盘倒在旁边一个将军身上，引起了人们一阵笑声。笑声未停，大厅忽然一片漆黑，所有的灯都熄了。汤姆森暗暗叫道："不好！"刚拔出手枪，就听到有人大喊："抓住侍者！"

整个大厅乱成一团。接着传来几声枪响。汤姆森一个箭步跃到丘吉尔身边。斯大林和罗斯福也都被他们的警卫团团围住。丘吉尔在黑暗中慢步走上前，同斯大林和罗斯福握了握手，说道："真对不起，让你们受惊了。"斯大林和罗斯福相对笑了笑，没说什么。

大厅的灯忽然又全亮了。只见那个私人秘书手握着枪站在门口，那个侍者倒在血泊中早已停止了呼吸。看来，正是这位被怀疑的私人秘书，在危急关头一枪击毙了这个化装成侍者的刺客，使在场的人幸免于难。

几名安全人员当场检查了侍者端进来的盘子，发现里面有一枚小型定时炸弹，炸弹下还有一只小钟，指针指着12点。大家都不由自主地看了看表，天啊！还差3分钟炸弹就爆炸了。

安全人员立即拆卸了引爆装置。大家这才把悬着的心放下，长长地吁了口气。

"疯子"卡莫

在第二次世界大战中，各国的反法西斯力量都互相帮助，互相支持，共同担负起摧毁反动的法西斯势力的艰巨任务，并且，有许多国家的共产党员都因工作需要，被派往最危险的法西斯势力统治区。卡莫就是其中之一。

卡莫是意大利人，二战以前，曾到苏联学习过。在苏联，他深受无产阶级信念的熏陶，渐渐地，他开始向往共产主义，最后，经过重重考验，他终于在苏联加入了共产党，成了一名坚强的革命战士。战争刚刚爆发时，他就被留在苏联工作。后来，战争不断扩大，德国侵略军占领了匈牙利的心脏布达佩斯。为了更方便地开展反战工作，卡莫被组织派往布达佩斯，同行的还有另一个叫托加尔夫的共产党员。

到达布达佩斯车站后，正遇上德军到车站检查。因为托加尔夫的皮箱内装有联络的发报机，所以他十分紧张。还没有出车站，托加尔夫就把皮箱扔了，慌张地跑起来，一群德军马上追了上来。最后，托加尔夫被逼进了一条死胡同，他被抓住了。幸好当时卡莫上厕所去，才未被抓获。

在布达佩斯的监狱里，德军极其野蛮地用残酷的刑罚拷问托加尔夫，托加尔夫忍受不了皮肉之苦，将卡莫和另外几个在布达佩斯战斗的地下党员都供了出来。两天以后，在布达佩斯郊外的一所教堂里，正在联络的卡莫和另外几个地下党员也全都被捕了。他们都被关在布达佩斯的监狱里。

凶残的德国警察总长维尔涅尔为了要卡莫交出与其他同志联系的密码，几乎天天都使用酷刑。卡莫为了保存力量，就在一次电刑以后假装被电疯了。于是，他又被送到精神病医院。

维尔涅尔十分狡猾。他为了试探卡莫是不是真的疯了，就把卡莫交给了著名的精神病学权威奥托·席勒教授，并让席勒教授替卡莫做心理测试，最后教授说卡莫的确患有精神分裂症。维尔涅尔仍然不相信席勒教授的话，他又将卡莫和席勒教授都带到布达佩斯，准备亲自对卡莫用刑。因为他知道，疯子是没有疼痛感的。但席勒教授出于人道，反对使用那些残酷的刑具。由于教授的坚决主张，维尔涅尔决定，再让席勒教授做一次检测。

在监狱的办公室里，维尔涅尔坐在办公桌后面，席勒教授身穿白色大褂在为卡莫做最后一次检测。此时的卡莫，目光惊恐，带着疯狂的表情在房内跑来跑去，一会儿哭，一会儿笑，让人捉摸不透。席勒教授突然用针刺卡莫的手指，十指连心痛，但卡莫的手动都不动，脸上也仍是木木的。这样，席勒教授仍然坚持卡莫有精神分裂症的结论。

维尔涅尔什么都不说，他叫人把他们带进隔壁的房间里，那里摆满了各式各样的刑具。这时，维尔涅尔让人点着了屋内的一个火红的大煤炉，把一根粗铁棍的一头塞在炉子里，然后又叫人把卡莫捆绑在屋角一个十字架上。

席勒教授看到这一切后，勃然大怒，他对着维尔涅尔大声说道："你们想干什么？"

维尔涅尔眯起眼睛奸笑着说："没什么，我只是想最后做一次试验，看看这位先生到底有没有疯？"

教授道："你们怎么能这样野蛮……我抗议这样做。"

维尔涅尔一挥手，一个警士就拿出了被烧得通红通红的铁棍，对着卡莫的大腿放了上去。顿时，发出了"嗤嗤"的声音，一股皮肉被烤焦的臭味直刺人的鼻子。而卡莫呢？却仍然面不改色，目光呆滞，好像什么事也没有发生，他的脸上似乎还露出了傻乎乎的笑容。他昏过去了，瞳孔也开始放大了。

席勒教授知道，瞳孔放大就说明卡莫并不是疯子，但他却被卡莫如此坚强的毅力所感动，也被法西斯的暴行所激怒，就闭着眼睛，对维尔涅尔说道："他这样子，还不是个疯子吗？他真的是疯子！"

卡莫超人的坚毅终于折服了这个不同政治的医学权威。

后来，卡莫被引渡，在半途中他又越狱了。

尼米兹的陷阱

美国著名的海军历史学家莫里教授，曾把美军在中途岛海战中的胜利称为"情报的胜利"。许多著名的军事评论家更进一步认为：美军提前发现日本的企图，是日本失利的最主要原因。

1942年春，正当日军调兵遣将，磨刀霍霍，加紧准备时，以珍珠港为活动基地的美军小罗奇福特破译小组发现日军拍往太平洋地区的许多电报中都有"AF"的字样。

对此，美军太平洋地区司令部进行了种种分析和推测。有的人认为"AF"意味着一次重大的军事行动，日军可能重演偷袭珍珠港的老戏。

也有的认为，日军可能要袭击美国西部地区。

司令官海军上将尼米兹经过全面分析，则认为是日军要攻击中途岛。

这一意见像一颗石子扔进了平静的湖面一般，掀起了轩然大波。许多人认为这不太可能，也有许多人则认为可能性不大。

为了查证这个问题，尼米兹想出了一条妙计。他命令美军驻中途岛的海军司令部用明码拍发一份无线电报，佯称"中途岛的淡水设备发生故障"，请求上级设法解决。

这时，日本国防部的高级官员们正在紧锣密鼓地开会研究有关中途岛战役的各项准备工作，战役指挥官上将宫城庆一正在发表他的有关中途岛海战的战斗机布置方案的高见。一说到妙处，手舞足蹈，声情并茂，唾沫飞溅，令人叹为观止，觉得他似乎并不是在布置战役，而是在滔滔不绝地讲述一个有趣的故事。

突然，一阵急促的敲门声打断了他的长篇大论，他不高兴地皱起了眉头，心里不住咒骂这个竟敢贸然打断他的讲话的混账。

战役指挥官转身刚要斥责来人，却见那人手中拿着一张白纸，急急忙忙地将它交给了国防部长。

部长接过纸审视了半天，慢慢地把眼睛从纸上移开，转到诸位高级将官身上。部长的眼底有两簇火苗在燃烧，那么热烈，那么兴奋，这可是从来没有的事啊！

所有人的眼睛都被部长吸引住了，会场上一片寂静，连一根针掉在地上的声音都能听见。

部长突然哈哈大笑起来。这是怎么了？所有的人都在心里自问，这个平时不苟言笑的部长怎么会笑呢？而且还笑得那么开心，真是不可思议。

部长停止了笑声，然后用他铿锵有力的嗓音一字一顿道："我要告诉大家一个好消息，中途岛上的淡水设备发生了故障，这就意味着如果切断美国佬的外界供给，他们将会渴死，那时我们将不费吹灰之力就取得战斗的胜利！"

会场上有一时半刻的沉寂，所有的人心里都在重复刚才部长那最后一句的内容："我们将不费吹灰之力就取得战斗的胜利！"

这一切来得太突然了，所有人的脑筋都很难在一时间内转过来，直到战役指挥官爆发出一阵声嘶力竭的狂笑声时，他们这才相信了这个"事实"。会场上的狂笑声此起彼伏，就连整栋房子也似乎引起了共振，跟着狂笑似的。

最后部长制止了这无止无休的狂笑声，正色道："诸位，这是老天爷在帮助我们，面对这种天赐良机，我们不可轻易放过。我们要牢牢地把握这个良好时机，重新布置战时的各种计划、政策和方针。"

说完便又重新开会，又投入了紧张的战前准备之中。

与此同时，美方也在紧张地守候着来自日方的各种密码电讯。

已经过去36个小时了，至今为止还没有任何来自日方的消息。不知道日本人在搞什么鬼。

尼米兹不住地对自己说，要沉住气，不要慌，一定会有消息的。

又是8个小时过去了，尼米兹在电台旁已整整守候了44个小时。他感到憋闷、不安、急躁，他不停地来回走动，以便消除内心的紧张。终于，他夺门而出，他需要新鲜的空气，不然他会窒息而死的。

外面的夜色真好，静谧，安详，月光似水银般撒向大地，苍穹一片柔静。这样的夜晚他已很久没有享受过了。

尽管现在充满了紧迫感，可尼米兹还是为这片无穷无尽的安宁而陶醉，他的思想在这一刻停止了，一颗心沉下去，沉下去，直到什么也不知觉。

突然有一个卫兵跑来把他又拉回了现实，卫兵脸上充满了兴奋的神情。

尼米兹一把推开他，跑回电台旁，只见一张写着"'AF'可能缺少淡水"的密码纸从电台旁的一台传译机中"走"了出来。

尼米兹用颤抖的手捏住了这张珍贵的纸条，怕把它弄碎似的，小心翼翼地放好。"成功了，总算成功了！"尼米兹在欢呼，所有的人在欢呼，美国在欢呼。

以后，美军又进一步破译了日军攻击中途岛的作战计划，为美军夺取中途岛海战的胜利奠定了基础。

使馆门口的缝纫店

在第二次世界大战期间，英国的谍报工作一直走在世界各国前列，号称"世界谍报之王"。

日本的密码多次被英国谍报机关窃取、破译，但日本人却从来没有得到过英国的密码。为此，日本的谍报机关决心不惜一切代价也要取得英国人的密码。

日本谍报机关将这个任务交给了唐泽寿明和柏木，限他们两人在两年内一定要弄到英国谍报机关的密码。

唐泽寿明和柏木商议了整整三个昼夜，终于拟定了一个窃密方案。

原来柏木出身缝纫世家，从小就跟随父亲学习缝纫，练就了一身好手艺。他们深知英国人对服装特别讲究，在不同场合要穿不同服装，经纬分明，不得含糊，所以唐泽寿明便让柏木在英国领事馆附近开了一家缝纫店，希望借此机会接近这群爱出风头的绅士老爷们，以便有利于他们开展活动。

柏木的缝纫店开张近一个星期了，来光顾的顾客的确不少，却大多数是日本人，英国人并不多见。而领事馆的那些要员们，更是从没踏进过缝纫店一步。

这件事可伤透了唐泽寿明的脑筋，英国人不上门来，坐在这儿等于是守株待兔，真不知道要等到猴年马月才会有戏可唱。

于是唐泽对柏木说："我们不能再等下去，要想个办法，把英国人诱入我们的陷阱里才行。"

柏木对着一大堆衣服思索半天，突然一拍脑门，从椅子上跳了起来，叫道："有了，有了！"

唐泽喜道："有什么好办法？"

柏木笑容满面地说道："人家不上门来，难道我们不会找他们去？我就不信，去大使馆会兜不到一桩生意。"

第二天，英国大使馆门口出现了一个身着和服、在脖子上挂了一条软尺的日本男子。

只见他恭恭敬敬地递上了一张名片，上面写着：

绅士服、妇女服

柏木洋服店

名片是用日文写的，门卫看不明白，便将名片还给了柏木，柏木指手画脚地对门卫比划了半天，又用手指了指自己的洋服店，门卫这才明白，原来此人是来兜生意做衣服的。

门卫请来了一名翻译对柏木说："你可以在门口兜生意，但不可以进入领事馆，也不许妨碍我们。"

柏木为自己第一步计划的顺利完成感到庆幸。他几乎每天都到领事馆门口去兜生意，通过门卫，他了解了几乎全部领事的地位和权力，这对他间谍工作的展开创造了有利机会。

这一天，柏木又来到了英国领事馆门口，他看见门口走来了一位气度不凡的高个男子。柏木看了他半天，觉得很面生，因为几乎所有的领事他都认得，可这位分明是新来的。

于是他又使出惯用的伎俩上前去"兜生意"。

这位新的领事叫约翰·乔，是刚从英国本土被委派到此地的。虽说地位不低，收入也不少，不过因为家里孩子多，负担重，所以生活并不宽裕。

柏木此时的英语水平大有提高，所以和约翰·乔交流起来毫不费劲。

约翰·乔是个极爱面子的人，这几日他还在为参加领事馆大使的生日宴会穿什么而犯愁，见柏木来揽生意，不禁有些心动，便答应了柏木先去看看。

约翰·乔在柏木的店里消磨半日，发现柏木不但手艺好，且价格低廉，非常合自己的品味，当即决定要在柏木这儿做几件衣服。

柏木给约翰·乔做的衣服不但做工精致，而且十分合身，令约翰·乔在宴会上大出风头。

约翰·乔为了表示他对柏木的感谢，特地请柏木到他家里吃顿饭。

柏木在约翰家中受到了热烈的欢迎，他似乎非常喜欢约翰·乔的五个孩子，时常请约翰·乔把孩子带到他店里去玩，还送各色各样的小玩艺给他们。

就这样，这两家人你来我往地成了非常要好的朋友。

惟一让约翰·乔感到烦恼的是柏木对他们全家实在太过热情，柏木不但时不时地为他免费做衣服，还常常一大笔一大笔地送他"零花钱"，以至于他一时真想不出有什么可以回报他的一片真情厚意。

终于有一天，约翰·乔忍不住对柏木开了口："你对我这么好，我真不知该怎么回报你才好。"

柏木盯着约翰·乔看了半天，突然严肃地问道："你真的想报答我吗？"

约翰·乔肯定地点了点头，柏木就将自己的身份告诉了他。

约翰吓出了一身冷汗，想不到自己掉入一个早已布置好的陷阱，而且自己的孩子和妻子也已在他的掌握之中了。

就这样，约翰·乔成了布置在英国领事馆内的暗线。

后来的一天，他趁机会用微型相机拍下了全部密码。

就这样，唐泽和柏木仅花了几个月时间便解决了日本间谍机关的大难题。

双重间谍

二战期间，英国情报机关常将抓到的德国间谍许以高官厚禄，收买他们，将他们培养成双重间谍，让他们表面上在为德国人工作，而实际上是为英国人效力。

当时，最让英国人头痛的就是德国人的潜水艇，它躲在暗处，不断给盟国的海上航运和军舰造成很大损失。为了解决这一问题，英国花了很大力气，投入大量的资金研究反潜艇的战术，他们把刚发明的"潜艇探测器"投入到了对德战争中，可经过一段时间的试用，才明白"潜艇探测器"的效果并不像他们想象的那样，对制服敌人的潜艇起不了决定性的作用。

而德国人对付英国人却有自己独特的一套，他们每回遭到英国"潜艇探测器"的搜索时，德国潜艇就从鱼雷管里往外排出空气，产生的大量气泡，迷惑英国的"潜艇探测器"，让它误以为那就是德国潜艇，总是不遗余力地去跟踪，到头来却是一场空。

技术上比不过德国人，英国人只好另想高招，他们决定起用一名叫塔特的双重间谍，让他想尽一切办法去迷惑德国人。塔特经过精密布置后，开始行动了。他先是给德国情报机关发了一份机密电报，告诉他们他最近得知英国有了对付潜艇的办法，但至于是何种办法，他正在细心调查。

塔特最近频繁地出现在英国新式驱逐舰的一个指挥官家里，并且和他结成了好朋友。在经过一个多月的交往后，塔特对外宣称他要宴请这位英国指挥官。那天，塔特的宴会可谓规模庞大，他邀请了指挥官的很多朋友，这其中也有德国间谍。

宴会开始了，塔特举起酒杯向众人频频致意。"这场战争，依我之见德国人必输无疑，别看德国人有威力强大的潜艇，但我们有'潜艇探测器'，这个新式武器会让德国潜艇闻风丧胆的。来，为了'潜艇探测器'

干一杯！"

左一杯，右一杯，那位英国指挥官好像不胜酒力，有些微醉了。他站起身，搂住塔特的肩膀，用含混的声音说："德国人要统治全世界，那，那简直是做梦，就是别人答应，我们英国的军舰也不同意，我要让德国人的潜艇……"指挥官说完，把手中的酒杯狠狠掷在地上，"德国人的潜艇，会和这个杯子一样。我们现在虽有了'潜艇探测器'，但那玩意并不起多大作用，他奶奶的，那玩意还帮了倒忙，不过现在，我们什么也不怕啦，我们国家有了新办法，而且新办法很快就会对德国潜艇起作用，到时候，德国人想哭都来不及。"

听完这话，塔特带头鼓起了掌，他大声喊道："来，让我们为英国，为盟军必胜干一杯！"

这场宴会一直闹到深夜，英国指挥官喝了个酩酊大醉，根本没有回去，晚上在塔特家中过了夜。等他睡熟之后，塔特打开了他的公文包，从中取出了英国政府的文件。文件是关于英国人将采取什么方法对付德国潜艇的。塔特用微型照相机把文件全部拍了下来，并连夜派人送到了自己的接头人手中。

很快，德国人拿到了塔特送来的情报，他们经过仔细研究，认为塔特的情报是真实的，便决定取消原先的战斗方案。

塔特得到了德国方面的消息，心里十分高兴。他明白德国人上当了，他所做的这一切，全是和英国人共同商量好的，其目的就是让德国人相信英国人放弃了"潜艇探测器"，而采用了另一种方法。

德国人错误地估计了英国反潜技术的发展，他们一时也闹不清那气泡究竟对英国人起了什么作用。宁可信其有，不可信其无，于是他们一度放弃了这种战术。这下可好，德国人可吃了大亏，在不长的时间里，他们的大批潜艇受到了英国的攻击。

由于塔特这次的成功，他一方面获得了德国人的信任，另一方面英国人也对他进行了嘉奖。

冒名顶替

这是个离奇得令人难以置信的间谍故事。

1940年年底，苏军俘虏了一批德国军官。在对他们进行审讯的时候，苏联情报局的科尔瓦斯上尉惊奇地发现有一个叫盖克里特的德国军官跟他长得一模一样，简直就像一对双胞胎。由此，军情局经过悉心策划与一系列极其艰巨复杂的准备工作之后，让科尔瓦斯冒充盖克里特，以部队被打散为由，安然回到德国军情局，居然没有引起任何人的怀疑。

1943年10月，德军126师上尉情报官"盖克里特"被派往白俄罗斯的一个小城，这里是德军前线。在他到达小城的第五天，就有一名苏联间谍与他取得了联系。于是盖克里特便带着从德军医生玛尔塔那里搞来的情报，找到了他的直接联系人——一名裁缝。

玛尔塔在德军医院中是个引人注目的姑娘，她跟盖克里特来往密切，这使得一直在追求她的党卫军施格特中尉心怀不满。

在警备司令部召开的一次秘密作战会议上，上校布置了后天的进攻计划，要求部队在黎明前三小时内完成部署，4点30分对苏军发起正面进攻，坦克要突入苏军阵地纵深25公里……盖克里特一一默记在心。

毫无疑问，德军的进攻彻底失败，德国坦克准备对苏军实行铁甲包围，可恰恰相反，他们自己倒陷进了苏军的包围圈。到底是谁走漏了消息？党卫军施格特认为肯定是内部出现了奸细，他的根据是在那天会议后的四个小时左右，他手下的人截获了本地区一个无线电台发出的情报，但他们没有密码本，因而无法破译这份电报。他主张立即进行全城大搜捕，以免造成更大的损失。上校思忖了一会儿后就点头同意了，并派盖克里特协助施格特进行这次大搜捕。

盖克里特心里记挂着裁缝店，他必须及时通知他们撤离。在搜查行动中，他故意扯掉衣服上的几粒扣子后匆匆赶往裁缝店，因为此时施格特已经发现了情况：宪兵在搜查一个裁缝铺时发现了一个蓄电池！

盖克里特正坐在玛尔塔的汽车里，他从车窗里看见裁缝的妻子拎着一只书包步履蹒跚地沿着街边走，在她身后十多米的地方跟着一个戴鸭舌帽的男子。他一眼就看出那是施格特的手下。

盖克里特急忙叫玛尔塔停车，他什么也顾不上了，抢先赶到联络点，他用暗号敲开了房门，然后大声说："快点离开这里，没有时间了！"

裁缝闻声跳起来，赶忙收拾发报机，这时党卫军已经冲到了楼下。盖克里特与裁缝急忙掏出手枪抵抗。由于盖克里特封锁了楼梯，党卫军一时无法冲上楼梯，他们便用火焰喷射器向楼上喷射。楼上立刻是一片火海。

这时玛尔塔也赶到了，她奔跑过来，她知道上面是盖克里特，就叫施格特住手，可施格特狞笑着说："你的心上人是敌方的间谍，让他见鬼去吧。"

火焰在熄灭后，他们找到了被烧焦的尸体和一台发报机。

其实盖克里特并没死，当第一团火焰喷进屋的时候他就从后窗迅速翻了出去，然后趁着夜色潜入了树林。后来，他在游击队的帮助下顺利回到大后方。

但是科尔瓦斯并没有休息，他向上校提出了一个大胆的新计划：假的盖克里特已经被"烧死"，而真的德国上尉仍在监狱里，他可以再次以假充真。况且只要安排一次越狱的机会，德国人是不会起疑心的。

于是，被关押了三年之久的德国上尉盖克里特再次被转移牢房，与此同时，盖克里特的替身——科尔瓦斯满腹牢骚地被关进了监狱。

就这样，科尔瓦斯再次成为盖克里特，并与其他三个"难友"一起，"成功"越狱，到达德军司令部。

当听说有人叫盖克里特的时候，司令部长官着实吃了一惊，因为盖克里特已经被烧死了！为了慎重起见，他通知党卫军施格特来一趟，让他当面鉴别。

施格特问："怎么你没死啊？"

"盖克里特"装作很纳闷的样子："你们都以为我早已死了吗？"然后接着又说："这里到底发生了什么？我可是几天前才从监狱逃出来的呀！"

"你有没有双胞胎兄弟？"

"双胞胎？你是说有人冒充了我？"盖克里特露出异常吃惊的样子。

"这样吧，我让你认一个人。"

女军医玛尔塔这时走上前来，她喊道："盖克里特。"

他吃惊地回过头来，问道："小姐，你叫我吗？"

玛尔塔伤心地说："你不认识我了？"

盖克里特摇了摇头，转脸问施格特："她是谁？"

德军司令部长官摆摆手说："盖克里特上尉，我现在已彻底放心，原先那个假冒你的家伙确实已经不存在了！你明天就可以回到军情局工作了。祝你健康！"

盖克里特笑着走上前去同他握了一下手。

假 情 报

1941年的冬天，当欧洲战场上苏联和英国正与法西斯德国进行殊死搏斗的时候，大洋彼岸的美国，一股孤立主义思潮却在泛滥，主张孤立主义的人认为，只有置身欧洲战争之外，才是最大限度地符合美国的利益。他们以罗斯福总统的反对派面目出现，控制着几家影响巨大的报纸，喋喋不休地谴责罗斯福和军方穷兵黩武，出卖美国，连带着把丘吉尔、斯大林也痛骂一通，给罗斯福总统带来了极大的麻烦。罗斯福总统只得一边在物质上给欧洲的反法西斯同盟国以支援，一边耐心地等候时机成熟，然后全身心地投入反法西斯斗争。

这个机会终于来到了，德国法西斯在东方的盟友日本，正在太平洋地区蠢蠢欲动。东京的军部为了做好开战准备，派出了代表团去美国谈判，他们军队却抢先在东南亚登陆，严重侵犯了美国的利益。在这种情况下，谈判当然只是幌子，说哪天破裂，哪天就会破裂。

看来，太平洋上的冲突是无法避免的了。但是，如果美国只跟日本在太平洋周旋，把反法西斯的主战场放在一边，依旧是孤立主义的翻版，一心想投入反法西斯阵营的主战派是绝对不会答应的。他们设计利用那些孤立主义分子，让美国尽快旗帜鲜明地投入战斗。

一天，美国参议员惠勒的家里来了一位神秘的客人，这位客人身穿美国的军官服，自称在五角大楼工作，他对惠勒说，他是惠勒参议员的崇拜者，为了美国的利益，为了千千万万美国青年的安全，他不得不违反五角大楼的纪律，让惠勒参议员了解目前严重的态势。说着，从怀中掏出一沓文件，递给了参议员。

尽管惠勒久经沙场，对风云变幻已经能泰然处之，但是，文件封面那行"绝密"的标志，还是让他触目惊心。他按捺住激动的心情，一页一页地翻看着那份文件，越看越心惊。

那是一份美国陆军部起草的文件，取名"胜利计划"，文件为美国直接插手欧洲战局寻找了许多借口，并建议美国政府，一旦美日在太平洋上发生冲突，便立刻向日本的盟友德国宣战，同时先发制人，配合英、苏等国，一举击溃德国。这样一来，日本在失去主要盟友后，便不能与美国继续作战。

文件还提供了美军在欧洲、非洲发动攻势所需的军队和军需数量，将具体日期选定在1943年。到时候，美国将与英国共同开辟位于西欧的第二战场。整个文件，在惠勒这位深知世界格局的政治家看来，是那么合理。

年轻的军官看出了惠勒的心事，他起身告辞，临走时还一再恳求参议员利用自己的影响，让美国人民了解内情，不要让像他一样的美国青年到与自己不相干的欧洲当炮灰。

惠勒似乎看到了千千万万美国青年在异国他乡无辜丧生的悲惨场面。美国军方居然践踏了民主制度，背着国会制订战争计划，妄想把美国引向毁灭的歧途。他被激怒了，他要向美国公众揭露这一可耻的行径，让美国人民来阻止这种勾当。

几天之后，在以反罗斯福著称的《芝加哥论坛报》上，登出了一则独家新闻，指责罗斯福总统授意军方秘密制订参战计划，还在美国公众面前勾勒出美国陷入欧战之后的全景蓝图，指出落入深渊的美国将会遭受毁灭的不幸。所谓独家新闻，实际是从惠勒的那份文件中寻找到的具有轰动效应的材料。

可惜的是，这种轰动效应并没有产生，没过几天，就发生了日本海军偷袭珍珠港的更轰动的新闻，美国公众的视线都被太平洋舰队的覆灭吸引去了，惠勒的警告反而成了不合时宜的说教。

不过，这份文件却引出了另一种效应。德国间谍机构立刻注意到这一消息。他们指示在美国的谍报人员，迅速查清新闻的来源，并对美国是否会抢先向德国宣战作出估计，提供给元首，作为决策的参考。

只过了几天，德国的间谍便从《芝加哥论坛报》搞到了那份文件的抄本，连同惠勒本人的背景材料，一并由德国驻美使馆用电台发回了柏林。

德国情报专家经过分析，确认了这份文件的可靠性。在他们看来，惠勒一直是罗斯福的反对派，以反对美国介入战争著称，这样一位政要，在获悉情报后把消息公布于众，应该是顺理成章的事，决不可能伪造情报。

事实证明，罗斯福确实在利用珍珠港事件之后美国公众的愤怒推波助澜，在这种情况下，美国人是什么事都干得出来的。

获悉这一消息之后，歇斯底里的希特勒勃然大怒，他认为，与其让美国先对德国宣战，还不如自己先下手为强，早做准备总是好的，顺便还能给自己的盟友日本打气。于是，他在美国对日宣战后的第三天，匆匆对美国宣战，给自己寻找了一个强大的敌人。

真是"无心插柳柳成荫"。惠勒参议员痛心地看到，国会在义愤的公众压力下，通过了对德宣战的议案，美国无可挽回地卷入了人类有史以来的最大的一次战争。他想制止战争，恰恰是他本人加速了美国与德国之间战争的爆发。

他更想不到，他竟成为一场间谍阴谋活动的悲剧角色。那份所谓秘密文件，实际上跟美国陆军部毫无关系，是几个间谍的创作。不过，因为事态正符合罗斯福要求的发展方向，谁也没有去追究伪造陆军部文件的究竟是美国间谍，还是一心想拉美国下水的英国人。

失败的行动

　　1942年年初，欧洲战场上的形势发生了重大变化，可荷兰却仍在德军的统治下。德国科学家雷利正在研究喷气式发动机，希特勒向他保证，可以提供一切必需的条件。但雷利博士知道仅仅靠他一个人是不行的，他想到了关在盖世太保集中营里的荷兰著名学者普尔科夫博士，如果把这个人争取过来，对自己的研究会有很大帮助的。在他的要求下，普尔科夫博士被秘密地押解到了德国与荷兰接壤处一个同外界完全隔离的工厂。

　　当天下午，普尔科夫博士便被押送来了，雷利博士把他带到了自己的办公室，向他谈了自己的想法。普尔科夫博士只是静静地听着，一言不发，他等雷利讲完，眼里露出了嘲笑的神色："你讲完了吧，我现在只想回集中营。"

　　雷利早就知道他会来这一手，他用中指弹了弹桌子："你可以不答应，但你妻子的命也会保不住！"听到雷利这句话，普尔科夫博士停下了脚步，他考虑到自己的妻子，眼睛里不由得流下了泪水，他太爱自己的妻子了，他不能让她为了自己……想到这儿，普尔科夫博士只有咬着嘴唇点了点头。

　　普尔科夫博士要为德国人工作的事传到了荷兰地下军总部，总部决定营救博士，要救博士必须先有张厂区的地图。地下军总部早就在雷利周围安排了自己的人，那就是博士的秘书丹卡，但丹卡并不能在工厂里随意活动，而且总部也不愿让丹卡太早暴露，于是他们想到了卡季克。卡季克是这个工厂的工人，虽然他的行动也受限制，可他特别勇敢，相信他能尽自己的能力去出色地完成任务，去搞到一张厂区的平面图。

　　卡季克借口给其他车间送润滑油，进入了中心厂区。在厂区里，卡季克故意摆出一副非常随便的样子，他哼着小曲推着油车在柏油路上走着，可卡季克的眼睛却没停下来，他四处打量着。再往前走几步，卡季克知道前面的铁丝网的边上应该有个门，他必须搞清楚门的位置和从那儿到车间的距离，还要搞清车间到关押博士的那座小楼之间的路径。当他巡回了一圈后，心里有了底，可他又怕自己记不清，于是假装解手，向一座充当库房的小屋走去。他绕到小屋后面，掏出了纸和笔，迅速地画出了厂区平面图，并在岗哨的地方做上记号。正当他要把图塞进口袋时，突然感到一个硬硬的东西抵住了他的腰。

"不许动，把手举起来！"是一个德国兵。卡季克没有办法，只好按着他的吩咐，把平面图交给他。那个德国士兵收起了平面图，换成了另外一个腔调："你不想活啦，快走，别让人看见了。"

卡季克吃了一惊，以为一切都是假的，于是站着没动，那个德国士兵推了他一把，卡季克只好低着头朝前走了一段路，可当他回头时，德国士兵已经没了踪影。当卡季克走出厂区后，他坐在一个木桩上休息，忽然耳边响起一个熟悉的声音："年轻人，快把这张图拿走。"

是刚才那个德国人，卡季克仰起脸，盯着他看着。德国人笑眯眯的，他并不和卡季克多说话，而是一下子就把图塞进了他的口袋，转身走了。

卡季克想，要是能把这个德国人争取过来，对自己帮助肯定大，但现在还不能太相信他，他打算把这件事告诉来拿图的爱德华，然后再作决定。

卡季克准时来到了和爱德华接头的瓦洛瓦大街15号，在楼下时，他看到了窗台上放着的一瓶鲜花，便明白一切正常。卡季克走进了爱德华的房间，爱德华是个经验丰富的地下工作者，他已经等了一会儿了。见到爱德华后，卡季克一边从口袋里拿出工厂平面图，一边说着刚才碰到的事。

还没听完，爱德华便皱起了眉头，说："你快走，你可能暴露了，你真不该到这儿来接头的，再说马上还有人上这儿来和我接头。"

一听爱德华如此说，卡季克傻了眼，愣在那儿了。突然门外响起了急促的敲门声，紧接着有人撞起门来。那门几下子就被人给撞开了，进来的是三个便衣，打头的那个人冲卡季克打了个招呼："喂，年轻人，不认得我了吗？"

卡季克真恨不得冲上去，把他撕烂，但时间不允许，他要救下马上会来接头的人，卡季克故意从窗台上夺下那只花瓶，举起来，使劲地朝对方的头上砸去，那人一闪身，躲了过去。卡季克抽出身，向窗外跳去。

卡季克一头栽在水泥地上，鲜血顿时染红了大地。马路上的行人一见突然从天上落下一具尸体，都吓坏了，有些胆大的人还过来围观，马路一下子就被人围了个水泄不通。卡季克这样做是想给马上来的接头人报个信，他相信，接头人看不见窗台上的花瓶，并瞅见地上的鲜血，就会走的，卡季克只有用这个办法弥补自身的过错。

B—29计划

　　1942年，苏联最高军事委员会得到一个情报：德军正在东线战场筹划一个重大的军事行动，代号"B-29"计划，负责计划的是冯·布罗赫将军。苏联方面非常想把这个计划弄到手，这项任务落在了他们最优秀的间谍洛尔夫手中。

　　洛尔夫经过多方面的调查，得知能够接近计划的人只有将军的机要秘书鲁别尔上尉，这个人曾向波兰情报局出卖过一个重要情报，得到2万马克，但不知这回能不能收买到他。洛尔夫当然不可能自己出面，他让地下组织的什米特去完成这项任务。

　　什米特直接找到了鲁别尔，向他提出了要求，并讲到了他上次出卖情报的事。鲁别尔一听，抓香烟的手有些颤抖起来。什米特一见对方露出害怕的神情，就知道鲁别尔会去做的，他直视着鲁别尔："这事，如果你帮我们干了，我可以给你4万马克，如果你不干的话，那我们会把关于你上回出卖材料的事告诉盖世太保，你比比哪个合算。"鲁别尔的头低了下来，什米特交给了他一个微型照相机，告诉了他下次会面的地点、暗号，并提醒他下回是另外一个人来与他接头。

　　按照约定时间，苏联的另一个女间谍安娜准时出现在约定地点，她看见洛尔夫站在10米远的地方向她点了点头，便推门进了那家咖啡馆。没过多长时间，鲁别尔来了，两人对上了暗号。鲁别尔把烟盒放在了安娜眼前："这里有你要的东西，但不是全部，告诉你的上司，后天还在这儿，我们将在这儿见最后一面，我再也不会去帮助你们了。"安娜笑着点点头，她把烟盒放进提包里，并从包里取出了一个钱袋，给了鲁别尔："这只是一半钱，到我们再见面时，我会把另一半钱也给你。"

　　鲁别尔什么也没说，他收下钱，扬长而去。今天，将军有事不在，他要把另一半给拿到手。真是天赐良机，将军办公室里没一个人，他从将军的抽屉里找到了保险柜的备用钥匙，顺利地找到了"B-29"计划的另一部分，他以最快的速度摊开了材料，按下了照相机的快门。正在他忙着拍照时，门突然开了，将军和盖世太保出现在门口。

原来，盖世太保对鲁别尔早就起了疑心，他们这次是故意设下圈套，引鲁别尔上当的。

洛尔夫很快就知道鲁别尔出事了，他只有另想办法。洛尔夫知道将军有一个女儿，他通过各种机会，同将军的女儿伊莉扎相处得很好。这天晚上，他要去伊莉扎的住处，在去之前，他和什米特都商量好了，今天晚上，将军要去出席一个招待会，洛尔夫必须把伊莉扎身上的钥匙搞到，然后由安娜扮成伊莉扎潜入将军住宅，去偷出另一半计划。

洛尔夫也做好了一切准备，他先是和伊莉扎去看了场电影，然后送她回家。在伊莉扎的家中，伊莉扎倒了两杯酒，一杯给了自己，一杯给了洛尔夫，正在此时，电话响了起来。伊莉扎便去听电话，真是天赐良机，洛尔夫把带来的安眠药放进了伊莉扎的杯中。但这一切都没逃脱伊莉扎的眼睛。

伊莉扎回来后，故意装作什么也不知道，一仰脖把酒喝了下去，其实，她根本没把酒倒进肚子，而是偷偷地吐了出来，之后，她又装出醉倒的样子，倒在了沙发上。洛尔夫一见时机成熟，就打开伊莉扎的包找钥匙。伊莉扎睁开眼睛，从怀中掏出手枪，瞄准了洛尔夫："不许动，你是干什么的！"

洛尔夫缓缓地转过身，问："伊莉扎，你这是干什么？"

伊莉扎冷笑一声："你别以为我是小姑娘，我早就发现你不对头，你到底是为谁工作的？"洛尔夫一言不发地走到酒柜前，为自己倒了一杯酒，坐在了沙发上，笑眯眯地看着伊莉扎。伊莉扎被洛尔夫的冷静弄得有点不知怎么办，她朝后退了两步，攥着枪，显得十分紧张："你别以为我不敢开枪！"

洛尔夫还是不说话，他突然把手里的杯子砸在了地上，躲在橱子里的什米特听到洛尔夫的信号，从里面蹿了出来，轻而易举地制服了伊莉扎，他把伊莉扎五花大绑，还在她的嘴里塞了一块毛巾。

按照原计划，安娜穿上了伊莉扎的衣服，出现在将军的住宅，她顺利地通过了岗哨，走进了将军的房间。时间一分一秒地过去，在门口放哨的洛尔夫手心都急得出了汗，他心里默默地祈祷着，希望一切顺利。半个小时后，安娜出来了，可是她却两手空空，她在将军的屋子里没找到保险柜的钥匙，所以没能打开柜子。洛尔夫并没有责怪安娜，因为他知道大家都尽了最大的努力，好在将军的女儿是他们手中的一个法宝，他们可以以伊莉扎为人质，迫使对方放弃行动计划，况且一半文件已经在手中，德军也不敢轻举妄动，从这点上来讲，他们此次的行动已取得了成功。

漂浮的尸体

1943年，盟军在北非的进军正日益走向胜利，并准备下一步攻打西西里岛，但又怕德军能猜到，如果能给德军造成一种假相，认为盟军并不是攻打西西里岛，那德军的兵力就会分散，盟军取得胜利的把握就更大了。

英国海军谍报小组的一个成员提出一个建议，为什么不布置一具尸体，让他漂到西班牙的海岸边，看上去好像飞机失事坠海致死的呢？这具尸体身上带着假情报，漂到海岸后，那些情报肯定会落到间谍分子的手里。

这个建议引起了盟军的极大兴趣，他们决定试一试。首先要做的就是找一具尸体，但是这具尸体也必须是溺水而死的，要不是这样的话，他的肺部就会空无他物，发现尸体者就会怀疑这是一个故意安排的阴谋。谍报人员费了很大劲找到了这样一具尸体，他们给这具尸体起名为"皇家海军陆战队少校威廉·马丁"。

尸体解决了，下一步就是由英国参谋总部的副总参谋长写封信，给当时去北非的指挥第18集团军的亚历山大将军。这封信是机密的，内容是说明亚历山大将军为什么从参谋总部不能如数地得到军需品和弹药供应。盟军相信德国人能从信件的字里行间看出盟军在西地中海计划进攻的目标并非西西里岛。同时，谍报部门还在信中有意伪造了两个假目标，作为盟军进攻的对象。此外，盟军还决定让"马丁少校"随身带上由蒙巴顿勋爵致皇家地中海舰队司令安德鲁元帅的一份公文，公文指出了马丁少校此次前来的任务。

一切就绪后，下面做的就是马丁少校的身份证，用死者的照片无疑是毫无生气的，让人一眼便能看出，于是，英国谍报组织找到了一个和死者极其相像的人，给他照下了一张照片，作为死者身份证上的照片。现在，表面上的工作已经做完，还要赋予马丁少校某种特性，谍报人员把他定位为一位登陆专家，这正是他飞往北非的原因。他喜爱花钱，因为他的口袋里有张欠账单。同时，马丁少校不是个机器人，他有一个漂亮的女朋友，女朋友给他的情书就放在他贴身的口袋里，信被揉得皱巴巴的，一看便知道被人反反复复读过。谍报人员还为马丁少校安排了一个小小的细节，他们在他的口袋中放了两张伦敦剧院的戏票票根，这两张戏票的票根说明了他可能在伦敦的最后一晚是陪着未婚妻一起在剧院里度过的。

关于尸体的方方面面都考虑结束了，谍报人员就开始想该把尸体放在哪儿，最容易被德国谍报人员发现，最后，大家决定把尸体放在靠近葡萄牙边境一个叫韦尔法的小港口外的水域里。西班牙人发现尸体后，必然会把它交给英国副领事来把它埋掉。同时，他们可以确定的是当地的德国情报人员一定会从死者身上获得文件复制品。

负责投送尸体的是由海军上尉朱威尔指挥的潜艇"天使号"。"天使号"潜艇于1943年4月19日下午6点起航，它的甲板上放着马丁少校，马丁少校正安详地躺在甲板上的金属容器里，等待着去完成他的任务。11天后，潜艇到了韦尔法的港口，深夜，潜艇悄悄地把马丁少校送到了海面上，同时，陪着马丁少校的还有一只橡皮筏，筏上只有一个铝制的桨板。

4月30日凌晨，一个西班牙渔民在海岸附近发现了马丁少校。后被当地政府获取，验了尸，结论是马丁少校是淹死的。英国副领事也及时接到了通知。5月2日，马丁少校在军事礼仪下被安葬。

一切都是按照当初预料的进行，尸体虽归还了英国，但有关文件却不见了踪影。5月3日，英国谍报部门向西班牙政府提出了强烈的要求，必须马上归还马丁少校身上的"机密要件"。

在此期间，在韦尔法的德国间谍并没让英国谍报机关失望，从后来事情的发展来看，他们把所有情况都报告给了上司。一直到了5月13日，西班牙海军总参谋部才把马丁身上的机密情报移交给英国大使馆武官。

7月，盟军在西西里岛登陆，是英国谍报部门计谋成功的有效证明，但是，最重要的证明是后来从敌人那儿缴获的文件中所提供的东西。马丁少校的成功还可以从德国元帅隆美尔的讲话中得到证实。希特勒本人也肯定看到了这些文件，因为海军上将邓尼兹在他的日记里留下了这样一些话："元首不同意盟军最有可能进攻的地点是西西里岛，他坚信从所得到的情报来看，盟军的主要目标是撒丁岛。"

在这场间谍战中，英国人凭着一具没有名字的尸体，骗得了德国人的信任。

巧　合

　　1944年的一天，英国伦敦的一所小学里，每个人都显得焦躁不安，老师和学生们最为尊敬的老校长竟被保安部门抓走了。有传言说老校长是德国间谍，但没有一个人相信，老校长从事教育事业已经几十年了，他一向很爱国，在工作上兢兢业业，怎么可能是间谍？

　　学生和老师们都舍不得老校长，他们开始去政府门口请愿，要求保安部门把情况查清楚，还老校长一个清白。

　　这到底是怎么回事呢？事情就出在老校长的猜字游戏上，老校长为了引发学生对文学的兴趣，在当地的报纸《每日电讯》上连载自己编写的猜字游戏。

　　老校长没想到一位英国最高司令部的参谋长对他的猜字游戏产生了兴趣。一天早上，这位参谋长乘火车去上班，在车上他闲得无聊，便读起了《每日电讯》上的猜字游戏，当第一个谜底猜出来的时候，他心头一惊，差点没叫出声来，"犹他"这个谜底不正是刚刚制定的诺曼底登陆计划中的两个主要登陆点之一的代号吗？怎么会出现在报纸上呢？参谋长怎么也不敢相信，或许是一种巧合吧，参谋长告慰自己道。于是他继续猜了下去。

　　第二个谜底从参谋长的脑海里一闪而过的时候，他再也坐不住了，一下子站了起来。谜底"奥马哈"正是诺曼底登陆的另一个主要场地，这难道还是巧合？参谋长不相信了，他紧紧攥着报纸，百思不得其解。

　　这时，周围的人看到参谋长那一脸吃惊的样子都感到奇怪，很快参谋长意识到自己的失态，他立刻又装出十分平静的表情。参谋长拿着报纸来到了没有人的车厢过道，继续玩着猜字游戏，他倒要看看猜字游戏的作者还知道什么。

　　谜底一个接一个地猜了出来，参谋长的表情越来越吃惊，简直不敢相信自己的眼睛。诺曼底登陆计划中的一些主要的核心机密代号，全都在报上！有盟军在西北欧战略计划的代号"霸王"，有秘密修建的人工港代号

"桑树"，有大举进攻计划的代号"尼普顿"。

"间谍，肯定是间谍！"参谋长低声诅咒着，"这肯定是间谍在向他的总部报告我们的情况！"德国掌握了这些材料的话，会使盟军面临一场严重的危机，参谋长牢牢地记住了猜谜游戏的作者——老校长的名字。

一下火车，参谋长就马不停蹄地直奔保安部。保安部听了参谋长的报告后，也慌做了一团，他们一方面马上将情况上报给盟军最高指挥部，一方面急着派人去抓老校长。

半个钟头后，老校长被带到了保安部。老校长满脸诧异地坐在那儿，看着保安部的人极其严肃地瞪着他。老校长可从没见过这种场面，他有些紧张，额头上渗出了颗颗汗珠。

保安部门的头儿把一张《每日电讯》扔在了老校长的跟前，开门见山地问道："说吧，这到底是怎么回事？"

老校长抓起报纸从头到尾扫了一遍，也没瞧出个所以然来，他对保安部门的人摇了摇头。

"别装糊涂啦！现在我们怀疑你是德国间谍，快告诉我们，你是怎么知道诺曼底计划的？"

"诺曼底计划？"老校长嘴唇嚅动了几下，依旧满脑袋糨糊。

保安部门的人火了，他一拍桌子，大声吼道："你非要叫我们拿出证据来，才交待吗？到那时，可对你不利了！你仔细看看你写的猜字游戏。"

老校长擦了下额头上的汗水，又认真读了一遍他写的猜字游戏，低声问道："你们能告诉我到底是怎么回事吗？"

经过仔细分析、研究和各方面的调查，保安部门终于弄清了真相。老校长确实是一个老实正派、忠于祖国的人，他不是间谍，也不晓得军队的任何计划。字谜是他6个月前就编写好的，那时诺曼底登陆计划还在摇篮中，根本没有制定出来。

这奇迹般的巧合，让整个保安部门虚惊一场。等他们对老校长讲了在《每日电讯》中的发现后，老校长也深感不解。为了不让诺曼底计划泄露出去，老校长同意在保安部门里待上一段时间，直到诺曼底登陆大功告成之日。

时间不长，诺曼底登陆计划开始实施了，而老校长却心甘情愿地被"囚禁"在保安部门里，直到一个雨雾漾漾的夜晚，老校长才回到家中，回到自己心爱的学校里。

苦 肉 计

在战争中，能否掌握对方的情报，是取得胜利的一个重要方面。二战开始前，德国人发明了一种叫"英尼格码"的密码机，这种密码机可以随意组合字母，无限度地加密，并能一天一换。希特勒对于这种密码机是一千个放心，他确信无人能够破译它。

如果不破译希特勒的密码，那英国在战争中无疑是处于劣势。为此，英国人想尽一切办法，于1939年8日搞到了一台"英尼格码"密码机，为了找到密码机里的机密，英国人又组织了一万多人研究密码机。经过几个月的努力，终于破译出了第一份"英尼格码"电报。从此英军便能及时得到准确的情报，使英国皇家空军能在关键时刻出动作战。

丘吉尔得知此消息后，兴奋地一拍大腿，破译了敌人的密码，就能做到对敌人的行动了如指掌，对于取胜，就多添了几分把握。于是他下令，关于破译敌人密码的事，千万不能让敌人的间谍知道，如果谁泄露机密，必定军法处置。

希特勒并不知道，"英尼格码"密码机已被洞察其中的秘密，但是德军在空中的进攻屡受挫折后，希特勒气得暴跳如雷，他倒背着手在房中走了无数个来回，然后让特务们去查清楚。可是查来查去并无结果。或许是"英尼格码"出了毛病，有人想到了这点，但是又不敢确定，于是德国的情报组织制定了"月光奏鸣曲"计划。按照这一计划，德国将在1940年10月12日空袭英国城市考文垂。如果英军要有效地保全这个城市，则无异于告诉德军，"英尼格码"已被破译；如果英军毫无反应，则说明英国对于"英尼格码"一无所知。

何去何从，英国首相丘吉尔可犯了难，他三天前就得到了这个消息，但怎样选择，他一直犹豫不决，时间一天天地逼近。丘吉尔知道再也不能犹豫下去了。他经过再三考虑，决定放弃考文垂，他要来个"苦肉计"，让敌人彻底放弃对他的戒心。

一架架德国飞机飞向了考文垂，它们向考文垂投下了炸弹。顿时，考文垂变成了一片火海，连续十天十夜的轰炸，把考文垂炸了个体无完肤。十天中，考文垂全城遭受重大破坏，死亡554人，重伤864人，500多家店铺和5万多户住房被毁。丘吉尔坐在办公室里，似乎听到了考文垂在呻吟，他心里像油煎一样难过，但他又有什么办法呢！这就是战争，战争就必须舍弃一些东西，以换取更大的胜利。

对此事最高兴的就是希特勒，他一连几天都没睡好觉，他相信自己取得战争的胜利是迟早的事，对考文垂的轰炸成功，让他把相当大的一部分赌注都投入到了对"英尼格码"的信任中去了。对考文垂的轰炸让德国人彻底放心了。德国人对"英尼格码"可是完全相信了，他们非常自信地认为，敌人对他们的情报是一无所知的。

从此，英国人把"秘密武器"用在事关战争全局最至关紧要的时间和地点。在阿拉曼之战中，德国人可吃了大亏。英军的指挥官是蒙哥马利元帅，德国一方则是希特勒的名将隆美尔。蒙哥马利总能事先得到德军的行动方案，处处占主动。

隆美尔气得又摔杯子又砸凳子的，他在这么多年的战争中，从来没有这样老是处于被动，这可是他的奇耻大辱。"准是又有哪个叛徒泄露了我的机密！被我查出来后，我非杀了他不可！"隆美尔急得直骂娘。在几次战败后，隆美尔开始怀疑是后方出了问题，他让手下发了个电报给希特勒，说明了自己的怀疑，但希特勒却让他放宽心，说从他这儿出来的情报根本不会出事。面对希特勒的答复，隆美尔感到有些绝望，他无力地靠在椅子上，似乎看到了自己的战败，自己的手下全成了英军的俘虏。"不行，这样下去不行！我不能再这么下去了，我不能拿自己的部队开玩笑！"隆美尔干脆来了个将在外军令有所不受，但已经来不及了。当他不再听希特勒的命令时，阿拉曼之战已处在了尾声，隆美尔哪怕有回天之力，也不行了。仅仅十多天的战争中，德国就损失了60000人和500多辆坦克。隆美尔的非洲军团最终被英军击溃，在很大程度上，是英国破译了德军的密码所致。

正义的投降

"准备吧，你可以往下跳啦！"加顿费尔德少校拍了拍德国秘密情报机关3725号间谍开尔夫·施密特的肩膀，"一切都是安排好的，不会出事的！"

施密特点了点头，在片刻之后，他从飞机的舱门里跳了出来。施密特离地面越来越近了，他突然看见，地面上竟是一个飞机场附近的高射炮群，他不由得倒吸了口冷气，但转念一想，加顿费尔德少校告诉过他，这儿已经被德军给占领了。施密特的降落伞落在了一棵树上，正在施密特用刀割断降落伞的绳索时，几个英国特工出现在树下。施密特傻了眼，一切和他上司所讲的都不一样。英国特工抓获了施密特后，对他进行了简短的查问，便把他送到了军情五局设在020营地的审讯中心。

对施密特进行审问的是专门研究犯罪心理学的专家迪尔登博士。施密特进来的时候他正在看一本杂志，连头都没抬，过了许久，他才仰起脸，同施密特交谈起来。迪尔登博士并不问施密特此次前来的任务，而仅仅同他讲一些家常小事，但在谈话中，他还稍稍作些暗示，以告诉他，英国人掌握施密特的所有情况。

施密特却摆出满不在乎的样子，说自己是丹麦人，不是德国间谍，他刚从德国集中营里逃出来。迪尔登意味深长地笑了，他明白施密特讲的全是假话，可对待施密特不能操之过急，他们要把施密特变成一个为英国出力的双重间谍，但做完这一切只能在三天之内，因为德国人对派出的间谍三天内没跟总部联系的人，便认为他已经死了。迪尔登用铅笔在桌上点了点，轻轻说了句："还记得你的上级加顿费尔德少校给你的保证吗？"

一听迪尔登这么问，施密特不做声了，因为他现在已经明白他的间谍朋友出卖了他。在经过了一天半的考虑后，施密特想通了，愿意和英国人合作。军情五局让他首先给德国发了一份电报回去，先稳住了他的上级。

然后，他们又给施密特起了一个新的名字——塔特，这样，施密特就成了一个双重间谍。

德国一开始给施密特带来的经费不多，为此，情报五局让他往德国汉堡发一份电报，说自己急需经费和一个收发报机，希望这些东西由另一个间谍带来。不久德国方面派来了一个29岁的冲锋大队长，名叫里希特。里希特带来了施密特需要的东西，可他刚从飞机上跳下来后，便被英国人抓住了。英国人也对里希特做了大量的工作，但里希特没有被感化，英国人便把他送上了军事法庭。同年，他被军事法庭给绞死了。

为了让德国人相信施密特正自由地活动，情报五局下属的双重间谍委员会为他虚构了一批下属谍报员，再让施密特向大本营报告，施密特的口气很硬，像是在命令对方。很快，他收到了回信，德国情报部门把施密特当成了王牌间谍，给他送来大笔资金。

施密特成了最可依赖的双重间谍，从1940年10月起的五年多时间里，他为英国情报部门从德国人那儿搞来了大笔资金，更主要的是他为德国人提供了许多虚假情报，其中有一个假的军舰制造计划，让德国人相信在印度洋的英国舰队已增加了三艘航空母舰，他还谎报新飞机的装备和产量等等。令人感到好笑的是，德国人在得到假情报后，依旧十分相信施密特，认为他是间谍事业中不可多得的人才，为德国人作出了巨大的贡献。二战结束后，相关书籍还对施密特的行为作了高度评价，他被形容为德国在英国的杰出间谍。施密特还受到了德国人奖励，他被德国人授予一级铁十字勋章。

1945年的春天，施密特还发回了海上布雷情况的假情报，使得英国不费一兵一卒，有效地封锁了3 600平方海里的海域，使得德国人不敢进入该区。

战争结束后，施密特没有回德国，他不想以一个英雄的身份回到自己的家乡，但他相信自己做的是任何一个有正义感的人都会做的。后来，他对英国政府提出了申请，要求留在英国，英国政府同意了。施密特在英国结了婚，住在离伦敦不远的地方，他深居简出，安安静静地度过了自己的余生。

远走高飞的间谍

1950年2月，美国联邦调查局破获了一个苏联的间谍集团。这个集团是由索贝尔组织的。索贝尔夫妇在1940年就以难民的身份进入了美国，但是由于他们常常去欧洲旅游，花费了大量经费，被提前召回了莫斯科，他那个组织便处于半瘫痪状态。

正因为如此，当其余的间谍一一落网的时候，联邦调查局却发现，一名代号为"教练"的间谍却不知去向。要从索贝尔那儿得知"教练"的真实身份，是绝对不可能的，联邦调查局只能从最近失踪的人员中去寻找蛛丝马迹。他们肯定，这位"教练"已经离开了美国。

这种搜索终于有了结果。美国教育部纽约的教师考试名单里，有一位成绩优异的教师，他在初中教师中名列第一，在高中教师里也排列第三。但是，他始终没有到任何学校任职，这位名叫柯因斯的教师在过去任职的学校里一直是业余足球队的教练，带出的队伍曾获得本区的冠军，无论是学生或者是校长，都对他十分怀念。

进一步调查证明，柯因斯夫妇是在8月份突然离开纽约的，他离开的那天，索贝尔间谍网里另一位重要的间谍正式被捕。柯因斯夫妇当天下午结清了银行账目，提出了所有现款，对邻居说，他已经在西海岸找到了一个搞银幕工作的机会。他们走得太匆忙了，柯因斯太太竟没有来得及把首饰、化妆品、梳洗用具以及大部分衣服带走。

联邦调查局函询了好莱坞的电影剧本创作协会，在他们所有的档案中，从来没有过柯因斯这位作者，也没有过外貌像柯因斯而用其他名字或笔名进行创作的人，可见那只是柯因斯匆忙出逃时的托词。

在美国，联邦调查局几乎是无所不在的。可是，尽管他们用尽了所有的手段，还是没有发现柯因斯夫妇的踪迹，他们仿佛溶解在空气中了。柯因斯夫妇就这么消失了整整10年。

到了1960年，跟联邦调查局密切合作的苏格兰场突然发来电函，告诉联邦调查局，他们最近正在侦查一桩苏联潜入特务案，其中很可能牵涉到美国的旧案，希望联邦调查局派专员到伦敦跟他们合作。函文后面还附有苏格兰场提供的对象照片，以及他们的指纹图案。

史密斯特工一看到照片，便觉得那人十分眼熟，他立即调出了所有的指纹档案，发现那对名为克罗格夫妇的指纹，跟10年前远走高飞的柯因斯夫妇的指纹一模一样。回头再看那照片，立即发觉照片上的人虽然头发已经全部白了，但那模样还如10年前一般，柯因斯是足球教练，克罗格则手执球板，正在指导一群老人打板球，俨然一副教练的派头。

史密斯立即带了柯因斯夫妇所有的资料，来到伦敦，会见了苏格兰场的探员。他第一个想知道的是，当年这对夫妇是如何进入英国的。根据苏格兰场已经搜集到的资料，克罗格夫妇是新西兰出生的英联邦公民，于1954年向新西兰驻巴黎大使馆申请护照，要求进入欧洲。他们的要求被获准后，当年便带着新西兰的出生证和结婚证进入了英国，这位曾被追捕的间谍竟在地球上兜了一个大圈子，回到他们的眼皮子底下来了。

柯因斯到了伦敦，不久便开了家书店，专门经营美洲古籍，成为全国书业公会中一名声誉良好的会员。他的业余爱好，是书业公会板球队热心的队员兼教练。另外，他的摄影技术，也是他们那一拨人中间的佼佼者。克罗格夫妇在郊区有他们自己的住宅，跟邻居关系也极好，要不是苏格兰场因为追查苏联间谍朗斯戴尔，顺着线索找到了这间不起眼的乡村住宅，克罗格夫妇完全可以在宁静的乡间终老一生。

终于，史密斯跟着苏格兰场的特工一起敲开了伦敦郊区那座农家小院的大门。走进院子，史密斯立刻用典型的美式英语跟主人打了招呼，柯因斯立刻明白，是偿还多年债务的时候了，但是，猫捉老鼠式的把戏还得继续。苏格兰场的特工开始询问"克罗格夫妇"："上一个星期六，到这儿来跟你们待了半夜的那位先生究竟是谁？"

"我们有很多朋友。"克罗格开始惶恐起来，他急促地说出了一些姓名，但偏偏漏掉了苏联间谍朗斯戴尔。于是，苏格兰场的特工出示了逮捕证和搜查证。

克罗格太太问，是不是能在离开前给锅炉加一些煤。苏格兰场特工勉强同意了，史密斯却在一旁盯紧着克罗格太太。她企图拿着自己的手提包走向锅炉，而史密斯立即一步冲上前，夺下了那只手提包，一张硬纸片从包里漏出来，那正是朗斯戴尔写给自己家人的信，这封用俄文写的信正要缩微成胶卷，不速之客就登门拜访来了。

史密斯对柯因斯夫妇的工作作风似乎比苏格兰场的人更熟悉，没花多少时间，他就在阁楼找到了发报机，从打火机里找到了密码，从地下室发现了照相微缩设备和一架用来阅读微型胶片的显微镜。

"柯因斯—克罗格"夫妇因为在英国从事间谍活动而受审讯，史密斯到场旁听了审讯全过程，他追踪的间谍终于落网了，遗憾的是他不能把他们带回美国进行早就应该进行的另一次审讯。

意外车祸

20世纪50年代，苏联的航空工业得到迅猛发展，远远地走在了世界的前列，这令许多国家垂涎不已。当时法国与苏联的关系比较缓和，它的许多飞机都在法国的布尔歇机场降落，并且还在机场货棚里设置了库房，当然，库房的管理是非常严格的。

法国国外情报和反间谍局把搞清苏联飞机构造的任务交给了第七情报处。第七情报处的头目勒鲁瓦接到任务后，立即将他的部下打入了布尔歇机场的各级机构，使得各个岗位上都有法国的间谍，另外，他们还搞到了苏联仓库的钥匙，以便夜间可以随意进出。

勒鲁瓦为法国情报机关搜集了大量关于苏联飞机的情报，甚至包括一些散装的小零件。

后来，一位法国工程师突然提出了一个大胆的设想："如果我们能仔细研究一台苏联的喷气发动机，那该多好啊！"

勒鲁瓦当时并没有做声，一旦作为一项严密的间谍行动，他就不得不对此进行审慎的考虑，这可不是搞几克燃油或搞点飞机合金碎屑的问题。一台喷气发动机有好几吨重，而且是牢牢固定在图-104型飞机机翼下面的复杂机器，怎么可能弄得到手？

但他还是把工程师们的愿望牢牢记在了心里。

转眼到了1958年夏天。有一天，恰好有一架图-104型飞机在布尔歇机场出了故障，它的喷气发动机坏了。勒鲁瓦凭着一个职业间谍的敏感立刻注意到了这个情况。没过多长时间，苏联人就运来了一台新的发动机，把损坏的旧发动机拆下来，换上了新发动机。很快，这架飞机就又能起飞了，而旧的发动机则暂时留在了仓库里。

法国间谍立刻感觉到一个千载难逢的机会来了！虽然他们知道苏联人会很快把它运走，但这毕竟给了法国人一些时间。法国的内线情报员给勒鲁瓦打来了紧急报告，说苏联人打算用火车把坏的发动机运走。也就是说，在布尔歇机场与火车站之间的路途上可以下手！

勒鲁瓦毫不犹豫地开始制订自己的行动计划，他把行动分为三步。

他了解到苏联人这几天正在巴黎寻找一家可靠而且运费低廉的搬运公司，于是勒鲁瓦马上行动起来，成立了一家"国际运输公司"。其实勒鲁瓦的第七情报处在巴黎有许多空闲的办公室，目的就是在必要的情况下创办一家又一家的"影子公司"。

终于，苏联人认定了这家公司是最合适的，接下来就是签订合同、填写提货单，等等。

勒鲁瓦顺利地迈出了第一步。

运货时间是在两天后，第七情报处正好利用这段时间来仔细地把整个行动演习了几遍，测定全长时间，了解红绿灯情况以及有几处拐弯等。在所有的交叉路口，勒鲁瓦都布置了自己的车辆，以便必要时可以及时干预苏联的押运车。

运送喷气发动机的日子到了。勒鲁瓦和他的手下打扮得真像是搬运工。出了机场后，一辆小轿车悄悄开到了大卡车的前面，车上的勒鲁瓦正在指挥这场战斗。

快到一个十字路口时，勒鲁瓦用无线电话通知手下做好准备：卡车慢慢减速，在绿灯变黄灯之前到达路口，然后在黄灯变红灯之前的一刹那冲过去，把其他车辆卡在后面！

他凭经验知道，苏联人也会试图冲过路口，但他们将会正好碰上红灯。

一切都如勒鲁瓦所料的，运发动机的卡车在红灯将亮之前通过了十字路口，而苏联人被堵在了路口，但他们不愿远离卡车，急忙绕过一辆轿车企图闯过红灯。

就在这时，一辆破旧的小卡车已经从左边横冲过来，小卡车的司机"尽量设法"躲过闯红灯的苏联汽车，但它没有成功，他那辆负载过重、马力不足的老爷车恰到好处地被苏联人的小汽车撞上了。

一场预谋好的交通事故"自然"地发生了。

小卡车的司机是第七情报处的一员干将，他跳下车子，看了看受损伤的车子就开始发火了，他死磨硬缠，一定要苏联人赔他一辆新车。苏联人又急又怒，无法脱身追赶已远去的大卡车。

交通完全被阻断了。交通警察及时赶到，将事故的有关人员全部带进了警察局。

苏联人只能无可奈何地望着装有喷气发动机的大卡车消失在远方。

勒鲁瓦又实现了他计划的第二步。

勒鲁瓦带着大卡车全速驶进特里贡空军基地，这里早已站满了等候着他的工程师们。勒鲁瓦看了一下手表说："你们可以干到凌晨两点，然后一定要把发动机重新照原样包装好，送往火车站。"

这些人不愧为专家，他们拍下了发动机的几千张照片，画了几百份草图，最后又把发动机装配得简直看不出有拆过的痕迹。

勒鲁瓦的车队立刻继续高速行驶，很快就到达了火车站，并且果断地办完了一切手续。半个小时之后，天就亮了，而苏联人也终于被警察局放了出来，他们没有发现任何问题，便放心地离开了。

勒鲁瓦和他的干将们这才离开火车站，回到家里，洗了个痛快澡，睡了个安稳觉。

飞机偏离航线

勒鲁瓦是间谍世界的一位传奇人物，他在秘密战争中屡建奇功，他曾经从苏联人的眼皮下偷走了图-104喷气式民用飞机的发动机。然而，在他的间谍生涯中，最显赫的战功要算是利用民航机偷拍苏联导弹发射场了。

20世纪50年代初，法国人非常想知道苏联导弹发射场究竟在哪里，于是他们想到了正在同苏联沟通的一条民用飞机航道。法国方面在和苏联讨论使用哪国飞机的问题上，法国坚持使用法国"快航"式民航机，苏联人只好让步，但苏联提出了一条要求，即必须要在空中划一条狭窄的走廊，班机不能逾越。

为了瞒过苏联人耳目，法国人拆下了飞机上的备用电台，放入摄影器材，这样做确实巧妙，虽然航行中要冒失去联络的危险，但这个办法却是惟一可行的。这项活动的负责人便是勒鲁瓦，勒鲁瓦选出四名飞行员，他们都是老牌间谍，在行动前，勒鲁瓦还对他们进行了反复审查。

行动的第一步，法国方面先做了多次模拟试验，另外，他们还沿该航线往返了几次，同时，为了考察间谍们的忠诚程度，勒鲁瓦还在飞机上装了窃听器。

所有的准备都做到了万无一失之后，行动开始了。勒鲁瓦把四名法国间谍都喊到了一块，他倒背着手，一脸严肃地说："飞机接近目标后，要果断地飞出空中走廊，直奔指定地点进行拍摄，到达后，正副驾驶各用一部摄影机同时拍摄，不得有误！"

飞机满载着旅客正点起飞，当飞到预定地点上空时，机长突然惊呼罗盘失灵，飞机当即偏离了航线。

这个消息很快就传遍了飞机的每个角落，所有乘客都感到异常恐慌，大家纷纷拦住空中小姐，询问到底是怎么回事。小姐笑容可掬地让大家不要太紧张。

苏联人很快发现法航飞机竟向导弹发射场飞去，非常恼火，命令米格歼击机立即起飞拦截。当米格飞机飞到现场时，法国间谍已经完成了任务，藏好了摄影机。

按照命令，歼击机把法国航空飞机给围了起来，法国间谍们十分紧张，他们生怕苏联人发现了什么，有一个间谍一时竟不知怎么办，他的手一直握着口袋里的枪，勒鲁瓦一看此景，心中暗想不好，他大步走到这个间谍的面前，拍了拍他的肩头，那个间谍还不明白勒鲁瓦的意思。

勒鲁瓦弯下腰，趴在他的耳边小声讲了几句："快把枪给我扔了，否则，出了事我要枪毙你！"

这几句话，让那个间谍意识到了什么，他从座位上站起，进了厕所，把枪给藏了起来。看着这个间谍从厕所出来，勒鲁瓦稍稍有些放心了。

苏联人迫降了这架航班，然后命令所有的乘客从飞机上下来接受检查，勒鲁瓦一伙混在乘客中，若无其事地朝检查口走去。

走到检查口的时候，勒鲁瓦不经意地回头看了一眼飞机，他心里一点底也没有，如果苏联人查出了他们的设备，那一切都完了，勒鲁瓦在心头祈祷着，愿上帝能保佑自己。

苏联把检查队伍分成了两部分，一批人检查乘客，另一批人仔细搜查飞机的每个角落。一个多小时过去了，苏联人一无所获，他们只好让飞机起航。

为了法航偏离航线这事，苏联外交部向法国提出了强烈抗议，要求严惩破坏两国协议者，并威胁道：如果再发生此类情况，苏联方面决不手软，他们将要用导弹来对付偏离航线的法国人员。

法国当局反复向苏联人解释此事，并表示这是"意外技术故障"，下一次绝不会再出现，同时法国人还煞有介事地吊销了正副驾驶的执照，把他们撵出了法国航空公司。随后，他们又补充了新的间谍。如此一来，苏联人便没再深究下去，他们认为法国人说的是实话。

法国间谍在苏联领空拍摄了大量的胶卷，探明了五个导弹发射场，此外，藏在飞机上的专门设备还采集到了苏联秘密核试验坠落物，真可谓"战果辉煌"。

间谍自首

　　海军兰是列宁格勒一个农民的儿子，在学校学习时，因为第二外国语芬兰语成绩优秀，被征调到苏芬前线当翻译，八年的翻译工作成绩优异，他终于被派到高级间谍学校受训，从此踏上了永不回头的间谍之路。

　　在间谍学校里，海军兰被指派潜入美国充当间谍。因此，除了加强他美式英语的学习之外，情报部门还要他编造一份天衣无缝的芬兰公民的履历，以便能在赫尔辛基的美国大使馆申请到美国去。

　　海军兰凭着他的聪明才智，很出色地编造了履历。他，是出生在爱达荷州安那维尔的美国公民，大半生在芬兰度过，并跟一位芬兰妇女结了婚。他有爱达荷地方当局出具的出生证明，有各种站得住脚的证明文件。因此，当这位"马基先生"和夫人一同向大使馆提出回国申请时，美国驻赫尔辛基的签证处认为他们完全符合回国条件，很快地办好了回国的签证。

　　海军兰躲在汽车的行李箱中回到了莫斯科，接受了三个星期的特别训练，学会了微缩摄影术，规定了联络办法和密码。训练结束后，他得到了"维克"这个代号，要到纽约跟上司"马克"联系。于是，海军兰又躲进了汽车行李箱，越过苏芬边界，并在不久后，以马基先生的名义带着马基太太登上了"玛丽皇后号"客轮，途经伦敦来到了纽约。

　　到纽约的第二天，海军兰到中央公园散步。到靠近格林餐厅的旁边，在一条不通车辆的过道边一块写着"小心骑马者"的牌子上，按下一枚红色图钉，向上级报告他已安全抵达。这时，是1951年的10月，从此他开始了在美国的六年间谍生涯。

　　在起初的那几年，海军兰沉浸在神秘而又刺激的间谍生涯里。他必须每天去检查几个规定的信号区，以知道那些树洞，那些水泥墙上的裂缝，那些桥梁脱落的石块下边，是不是藏着上司"马克"给他的信，并按信上用密码写的指示展开工作。他曾经发展过一对美国夫妇充当间谍，他曾经从新泽西州一位叫罗兹的美军上士手中取到些军事情报转送给上司，所有的信件都经过微缩，印在一张软片上，然后放进一枚五角的硬币中。这种硬币是特制的、由两半拼合而成的空心的通信工具。

海罕兰的技术非常高超，他还有合适的职业作掩护。他自己买了辆车，在纽约当出租车司机。这种职业跟他编造的经历吻合，不会引起别人的怀疑，而且他可以开着车在纽约各处出现，寻找机会完成任务。但是，这种间谍联络的方法太原始了。

有一次，"维克"和"马克"把前景公园一排台阶上一个小洞作为藏信地点。当海罕兰到指定地点取信时，却发觉公园的修理工，正在用水泥封没他们的信箱，这个洞早就该修补了。海罕兰胆战心惊地在一旁观看了修理工补洞的全过程，发觉他并没有发现里面藏着有胶片的五角硬币，才抹了一把冷汗放弃了取信的机会。

还有一次，"马克"责备他，上一次为什么没有按规定在一块石头下放好信件？海罕兰顿时感到心脏一阵狂跳。上次那封情报信，他经过微缩，放在一枚五角硬币里，已经放到了指定地点，"马克"没收着，会被谁拿去了呢？

丢失情报这件事，着实让海罕兰整整心惊肉跳了三个月。每天开车回家，总觉得联邦调查局的特工就躲在门后等着逮捕他。其实，那枚硬币被一位先生捡了去，又落到一位报童手中。14岁的报童詹姆斯不慎跌了一跤，五角硬币滚了一段路，在路边分成了两半。报童确实发现里边有微缩胶片，也把它交给了警察局，但是无论是警察局，还是联邦调查局，都没有破译海罕兰的密码，事情便不了了之。

事情虽然没有败露，但是海罕兰的神经却到了即将崩溃的边缘。不久，他的上司因为工作出色，得到回国休假一个月的奖励，单线联系的海罕兰就像断了线的风筝，感到无所适从。旧日的嗜好开始发作，他每天猛灌伏特加，喝醉了便打他的芬兰老婆，弄得四邻八舍怨声载道，让巡警上门劝阻这个打扰了他们入睡的司机。在巡警面前，海罕兰变成了一位听话的美国公民，他保证改掉自己的恶习，客客气气送巡警出了门。在他平静的外表之下，掩饰着内心的极度紧张，他的信心彻底崩溃了。

当"马克"从苏联回来后，立即发现了自己下属的异常情况。海罕兰向他抱怨，觉得自己已经被联邦警察盯上了，而且拒绝了上司让他改变职业设法开个照相馆的建议。

　　"马克"从自己的经验出发，觉得应该让海罕兰回国休假一阵子，他紧张的心情或许会得到舒缓。一切都替海罕兰准备好了，他将途经巴黎回到苏联。但是，海罕兰只怕回国后便会被克格勃抛弃，甚至把他发配到西伯利亚去。他在犹豫了几天后，走进了美国驻巴黎的大使馆，承认自己是一名苏联间谍。

邮政车厢

在世界各国中，苏联始终对外交方面的信件重视万分，保护措施也是最严密的。其实他们采取的不过是一套极其简单的办法，就是每天派两名信使押送外交邮袋，然后乘东方快车离开巴黎。这个办法非常有效。

当然，押送信袋的两名信使都是久经锻炼的克格勃间谍，他们知道西方间谍会采取什么样的花招来窃取邮件，也有能力应付各种各样的窃取方法。所以他们一上火车就把自己关在火车的包厢里，不再往外踏出一步，如果饿了就吃自己带的三明治和鸡蛋。

1952年秋天，法国国外情报和反间谍局的眼睛盯上了苏联东方快车上的外交邮袋。

可是有一个难题困扰着他们。这个难题是怎样才能使这两名经验丰富的间谍丧失抵抗能力，从而轻松地得到外交邮件呢？当然，最简单的办法就是将他们打昏或杀死，但是这又会造成重大的国际纠纷，而且，一旦对方知道自己的邮件被窃，就会采取补救措施，那么法国得到的情报价值就不大了。

法国国外情报和反间谍局的勒鲁瓦，却想到了一个简便易行的办法。

首先，法国间谍订下了东方快车上与苏联信使紧邻的一间包厢，这样法国间谍和苏联间谍之间在整个旅途中只有一板之隔了；然后在列车通过一条隧道时，法国间谍用一架小型钻孔机在隔板上钻一个小孔，钻洞的声响恰好被火车的隆隆声响所淹没；接着把一注射器插进小孔，向苏联信使喷射麻醉剂，一旦两位信使陷入沉睡之中，法国间谍就可以行动了。

为了实现这个理想的方案，勒鲁瓦请实验室帮他们配制了一种特殊药剂，这种麻醉剂能使人迅速入睡，并持续半个小时以上，同时它又具有很强的挥发性，当法国间谍进入苏联信使包厢时也不会被麻醉。

法国间谍的行动小组不久就信心十足地登上了东方快车。

东方快车带着隆隆声响驶进了一条隧道，勒鲁瓦开始行动了。他钻透隔板，然后接过助手递过来的注射器，开始喷射麻醉剂。他们等了一会儿，可就在这个时候怪事发生了，一种难以忍受的麻木感向他们袭来，勒鲁瓦使劲抖动着似乎就要僵化的四肢。他们三个人面面相觑："这是怎么回事呀？"

这时勒鲁瓦终于明白过来，他大吼一声："有毒气！"可惜已经晚了，他们三个全都瘫倒在地，头昏脑涨，什么事也干不了了。

难道是苏联人预先知道了他们的企图而将计就计？后来他们才知道原来是车厢的隔板有很多层，他们只不过是钻通了靠自己这边的隔板，而苏联间谍这边的隔板与他们之间还有一层夹心板，所以麻醉剂在夹板中只停留了片刻就重新回到了勒鲁瓦的包厢。

事情过后，勒鲁瓦觉得这一方法不太可靠，决定从别的方面去下手。勒鲁瓦发现，苏联人的信件并非全部由身强力壮的信使带回，有一部分是通过邮局寄出的，由巴黎—莫斯科的夜班火车运走。勒鲁瓦决定采取传统的方法窃取另一批邮件。

勒鲁瓦让人绘制了一张邮政车厢的平面图。车厢门口是信件分拣室，在旅途中完成分拣工作。紧接着分拣室的是邮车主任的小小办公室，他就在那里准备报告。苏联人的邮包和邮件，堆放在过道尽头的小隔间里。小隔间的门在火车开动后即被铅封关闭，沿途不再打开，到达目的地以后，才将邮包和邮件卸下车。法国间谍可以避开邮政人员潜入邮政车厢，去掉铅封打开隔间门，完成任务后再按原样用铅封把隔间门封好，然后神不知鬼不觉地离开邮政车厢。

一连几个星期，勒鲁瓦的部下都在仔细观察邮政车厢工作人员的活动规律，经过严密的分析研究后，精确地计算出了法国间谍可以潜入偷拍邮件的时间。完成这一准备工作后，勒鲁瓦带领着一名助手，趁邮政人员出去吃饭的机会潜入了空无一人的邮政车厢，没受到任何干扰就完成了任务。当他们重新封好小隔间的门，正准备转身离开时，不料却与邮车主任撞了个面对面。

邮车主任惊讶地说："你们是什么人？来干什么？"

勒鲁瓦亲热地挽起邮车主任的胳膊，哄骗他说："我们来这里执行一项特殊的巡查任务，有人报告车上发生了盗窃事件，我们正采取预防措

施。"

邮车主任却挣脱了勒鲁瓦的手，气愤地说："你胡说些什么呀！据我所知，邮车上从未发生过盗窃事件，只要看一下铅封……"他忽然有些不安，猛地推开勒鲁瓦，俯身过去查看小隔间门上的铅封，然后直起身来，自豪地说，"你们看，铅封完好，怎么会有盗窃案呢？"

那个门上的铅封是他们刚刚封好的，倘若邮车主任早到几秒钟，他们就失败了。不过，就是此刻，邮车主任也表现出明显的怀疑，因为这次巡查他本人却没接到任何通知！

勒鲁瓦感到这样不太稳妥，就通知另一间谍"冒充"国家情报局人员，等到了巴黎之后对他进行谈话。果然，邮车主任守口如瓶，再也不敢提这件事了。

勒鲁瓦与部下成功地窃取了苏联人的外交邮件，获得了许多重要的军事情报。

地下窃听站

只要一提起柏林的地下坑道，中央情报局内部那些服务年代久远、资格老的雇员，都免不了显出扬扬得意的表情。因为，这段举世闻名的坑道，确实是20世纪50年代中央情报局的杰作。它最能表现出美国情报人员的聪明才智和非凡的想象力，也集中了那个时期最新的科学成果和建筑技术。

1955年的时候，柏林还分为东西两部分。它的东部由苏联和东德控制，驻扎德国的苏军司令部就在那一边；它的西半部分，根据波茨坦协议，由美、英、法三国占领，并通过"空中走廊"与西德相连接。这块地方，理所当然地成为东西方斗争的焦点，也是间谍们一显身手的好去处。

这一年年初，到西柏林视察工作的中央情报局一个小组为了熟悉柏林的情况，向西柏林占领军总部借来了一份详细的地区图。这份军用地图极详细地标出了整个柏林的街道、建筑物、河流、桥梁，以及一切重要的机关、军营、医院、工厂的位置，令人叹为观止的是，地图上不仅有地面上这些情况，就连地下的下水道、电话线、煤气管道也一览无余，为了绘制这份地图，驻军司令部可以说是煞费了苦心。

在场的都是情报界的老手，对这种内涵极丰富、比例绝对正确的材料当然有极大的兴趣。他们十分佩服绘制这份地图的人，恐怕苏联的军事指挥员，也未必能看到这种令人欣慰的地图。这一切，当然跟情报人员的辛勤工作绝对分不开。

一位军队出身的情报官员盯着地图沉思了半晌之后，突然伸出手指，摁在两个区交界的一个地方，让大家注意。在边界线东边300米不到的地方，一个名叫朔恩法耳德路的街道西侧，苏军司令部铺设了一条通讯线路，从地图所表达的情况看，这条线路直通苏军指挥部，显然是东柏林的神经中枢。假如能够设法在这条线路上安放窃听器，苏军的行动就会完全暴露在西德驻军面前。

这位情报官提出建议：假如我们在西柏林一侧挖起一道沟，穿越交界线，就能跟苏军的电缆接通，那么，苏军的所有机密，就会源源不断地涌来，那该是多么美妙的前景！

情报官大胆的设想立即被在场的所有人接受。他们七嘴八舌地补充着那个建议，形成了一个完整的计划，这个计划终于被中央情报局总部批准，并立即实施。

不久，在西柏林一侧，美军开始修建一座导航雷达站，雷达站的主要设施都藏在地下，地面上除了供卫兵居住的营房，只有高高的天线架。这种建筑，当然是为了保密，它离东柏林地区太近了。

可是，在这雷达站的地下室里，却在进行着另一项更复杂的工程。工兵们采用了最先进的机械设备，朝着东柏林方向挖出了一条地道，它穿过东西柏林分界线，由东柏林的阿耳特－格林尼克区的公墓，直通到朔恩法耳德路地下，跟苏军总部的地下电话线接上了头。

中央情报局运来了最先进的窃听设备，安放在离朔恩法耳德路不远的一个地下室里。然后跟苏军电话线接通。这些窃听设备是特制的，没有一件有美国的标志，在外形上尽量模仿苏联的产品。

窃听站建成了，每天由中央情报局的电讯部门派技术人员轮流值班，24小时不间断。这些技术人员从雷达站的地下室出发，步行穿过宽敞的地道，进入东柏林的地下室，便可以进行监听，苏军的60台电话只要一开始通讯，自动的录音设备便立刻工作起来，把所有的通话内容都录下来，录好的音盘立即送到西柏林一侧供专家们分析。由这种窃听设备得到的情报，超过了任何时期。

窃听活动整整进行了一年，到1956年4月，苏联的通讯兵在例行检查中，发现在朔恩法耳德路有一个地下室铁门，铁门上用俄文和德文写着："严禁入内——驻德苏军总司令部。"通讯兵产生了怀疑，但是不敢采取任何行动，便立刻向司令部请示。

司令部听到消息，意识到一定出了问题，立刻下令打开铁门检查。工兵来了，他们用小型炸药包炸开了铁门。轰响声刚过，苏军士兵便冲进了地下室。只见满屋子都是窃听的设备，室内电灯还亮着，仪器还未关闭，远远地听到不止一个人的脚步声。

　　苏军士兵往西搜索，在东西柏林交界处，又看到了一座铁门，门外堆着倒刺铁丝网，倒像是苏联使用的那一种。当然，一切机器都无法判断是谁在这里建筑了窃听站，但是匆匆忙忙逃走了的三位美国人没有来得及带走他们的外套，暴露了窃听者的身份。

　　苏联士兵当即封堵了通往西柏林的地道，并对附近整个地区进行了搜索，这才发现那个并没引起任何人重视的雷达站，竟是为这条500米长的地道建造的掩体。

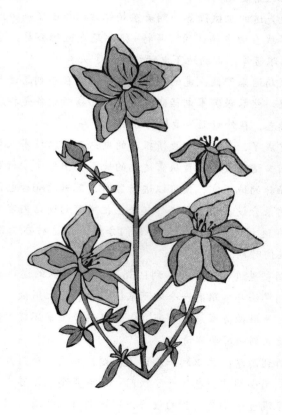

导弹危机

　　美国在古巴的猪湾惨败，不仅削弱了美国在世界的统治地位，还给了苏联领导人赫鲁晓夫一个强有力的理由，"为了保卫古巴"，他必须加强对古巴的军事援助。实际上，赫鲁晓夫正准备从全球范围内展开和美国争霸的斗争。

　　事实上，美国初遭打击，一下子也硬朗不起来。1962年7月，他们就发现，大约有70艘苏联船只，装着大批军用物资、建筑材料驶往古巴，其中包括萨姆2式导弹。鉴于这种导弹是地对空式防御武器，苏联已经把它卖给了印度尼西亚和埃及，美国人只得睁一眼、闭一眼，默认苏联力量在加勒比海地区得到扩展，地对空导弹还不足以令美国担心。

　　但是，不久以后，中央情报局就得到了正式报告，一个古巴难民在迈阿密报告说，苏联正在古巴西部地区修建进攻性的地对空导弹基地。接着，从古巴的特工那儿又传来消息，卡斯特罗的私人飞机驾驶员在哈瓦那一家酒吧醉醺醺地夸口："古巴现在已经拥有带核弹头的远程导弹。"中央情报局立刻调阅了他们的U2侦察机掠过古巴上空拍摄到的照片，照片显示，古巴西部确实在兴建大规模的导弹基地。中央情报局立刻把得到的情报呈送给政府。

　　由于刚刚遭受的挫折，中央情报局的报告并没有引起总统的重视，总统的助手们认为，即使在东欧国家，苏联人也没有修建地对地远程导弹基地，他们决不肯把这种武器交给一个不稳定的古巴政府。在古巴，建造的只可能是地对空导弹基地。

　　直到10月中旬U2飞机在例行的侦察飞行中拍摄到了新的照片。照片显示，在圣克里斯托瓦尔的导弹基地已呈现出不正常的态势，建筑规模远远超出了地对空导弹的需要，肯尼迪政府这才意识到问题的严重性。肯尼迪立即召开国家安全委员会会议，导弹危机终于拉开了序幕。

在整个导弹危机过程中，中央情报局不断地向总统提供新的情报，使得总统对苏联的行动了如指掌。他们有一名被收买的苏联间谍，这个在苏联总参谋部军事情报部门工作的潘可夫斯基上校提供了苏联运往古巴的导弹及军事装备的型号、性能及潜在能力等资料，使中央情报局对照U2飞机的照片，轻而易举地发现了在古巴建造的9个中程导弹基地。

肯尼迪觉得，这是向苏联发动攻击的绝好机会，于是首先在联合国提出了要求苏联在古巴撤出导弹的动议。苏联在联合国的代表起先矢口否认，然后支支吾吾，出尽了洋相。肯尼迪立即签署了《禁止把进攻性武器运往古巴》的公告，宣布从10月24日起将拦截所有可能前往古巴的苏联船只，并勒令这些船只听候美国政府的检查。

为了封锁古巴，美国出动了183艘战舰，其中包括8艘航空母舰，从海上把古巴团团围住；空中，携带核武器的B-52重型轰炸机按时出航示威，2000架次的军用机也作好了轰炸古巴的准备；陆地上，包括9万名海军陆战队和伞兵的30多万部队也进行了集结。

两天后，赫鲁晓夫作出了态度强硬的反应。他命令苏联军队处于战备状态，扬言要击沉阻挡开往古巴的苏联船队的任何美国军舰，一场世界大战迫在眉睫。

在这个战云密布的日子里，美国政府也十分担心，因为根据军事专家的估计，一旦两国打上一场核战争，战争爆发的第一个小时，双方将会有一亿人员的伤亡，这种后果让所有的人毛骨悚然。但是，中央情报局的情报却似雪中送炭，给军事分析家们提供了有着不可估量的价值的参考资料。根据潘可夫斯基的情报，直到1962年，苏联还不具备用洲际导弹向美国本土实施核打击的能力，苏联导弹部队司令在一次这样的试验中，就因为事故而丧生。赫鲁晓夫是只软脚蟹，在关键时刻，他一定会退却。

戏剧性的一幕终于在加勒比海地区上演。几艘苏联船只拉响着汽笛，耀武扬威地向古巴方向驶去。在它们的航线前方，美国军舰已经组织了封锁线，一旦苏联船只越过封锁线，美国军舰无法不开火，第三次世界大战就会爆发。

但不出情报局所料，这些苏联船只驶近美国海军封锁线时，突然关闭了发动机，随后又开动机器，转过头去，按原路返回了。白宫的要员们这才如释重负，他们终于在海面上赢了一个回合。

　　已经赢了一局的美国继续收他们的赌账。一连串的讨价还价般的谈判过后，已胆怯了的赫鲁晓夫答应从古巴撤出中程导弹，只要求美国解除对古巴的封锁。

　　美国最大的一笔账也是在加勒比海的封锁线上收取的。装有中程导弹的苏联舰只在通过封锁线时，美国军舰前后追随，逼着苏联军人打开遮在导弹上的保护罩，让从低空掠过的美国飞机拍照检查。这让苏联军人蒙受了从未有过的耻辱，也彻底摧毁了赫鲁晓夫在军方仅存的一点威信。

声东击西

1967年，埃及和以色列两国由于耶路撒冷问题，双方关系再度紧张。两国之间，时起冲突，看来一场战斗又将在所难免。

可是就在这时，以色列一方却出现了一件怪事。事情不是出在别人身上，而是出在以色列的国防部长身上。

按说在两国开战前夕，双方国防部长的最大任务便是躲在屋里积极部署战略计划，可奇就奇在这位部长先生，非但丝毫未见他紧张不安，反倒泰然自若地大肆在新闻界曝光。

这天晚间，以色列国家新闻处的记者前往国防部长的官邸对他进行采访。

记者在这所警备森严的官邸里见到了以往极少露面的国防部长。

部长身着一套豪华的军装，红光满面，将近秃顶的肥脑袋上一对小眼睛神采奕奕。

部长清了清嗓子，说道："记者先生，有问题请开始吧！"

记者立刻将话筒对准了部长，问道："请问部长，如今时事又开始趋向紧张，战争是否又将在所难免？"

部长淡淡一笑，说道："这问题问得偏了。虽然我国与埃及之间小有矛盾，但这只是暂时的，而且相信在两国首脑会面以后，争端很快便会被解决。至于战争，这简直是无稽之谈，我一贯主张不是用军事，而是用外交手段解决两国争端。"

部长这一番话讲得倒是坦率诚恳，不但以色列记者，就连埃及人也被他的一番话打动了。

埃及国防部在看见以色列国防部长的电视讲话后，都将信将疑，他们认为，能不打仗当然最好，可是，不知以色列究竟是在说真话还是在打幌子。

于是埃及国防部命令情报部门加紧收集有关近来以色列的一切新闻。

情报部门派出了一个名叫阿刺木的谍报员。

阿刺木乔装成一名商人进入了以色列国境。他白天以谈生意为掩护，到处串门，在街头巷尾窃听人们的言谈。他发现，人们神态自如，似乎也没有什么战争将要来临的特别情绪。

阿刺木在心里盘算：莫非他们部长的话是真的，战争真的不会发生了，不过，我还是小心为妙，观察几天再说。

这天，阿刺木正在街上漫步，突然看到在街边有一家书报亭，他上前随手翻翻，蓦地发现了一份名叫《周末》的休闲杂志，在这份杂志上登有许多张照片，这些照片上的内容都是以色列官兵在海滩和酒吧游玩欢度周末的情景。

阿刺木马上将这些照片寄回国。情报部很快回电要阿刺木密切注意最近的报刊杂志，一有消息马上送回国。

这几天，阿刺木在宾馆里天天翻报、读杂志、看电视。总算是皇天不负有心人，在一天晚上的晚间新闻里，播放了有关以色列海军的新闻。

阿刺木发现，原来应该在地中海的以色列军舰现如今都已集结在红海了，而且还在红海上进行军事演习。难道以色列要在红海登陆？这么一想，阿刺木当即将此消息电传回国。

埃及国防部知道后大吃一惊，立即将原来在地中海的两艘驱逐舰迅速转移至红海。

就这样，反反复复的花样，终于令埃及人彻底受了骗，落入了以色列人布下的陷阱。只可惜时至战前，埃及人还蒙在鼓里。

1967年6月的一天，地中海上风平浪静，和风习习，阳光洒在海面上，波光粼粼，一切显得是那么平静、安宁和美好。

平静的海面上突然传来了一阵阵鬼叫似的声响，一艘、两艘……共有20来艘打着以色列旗号的舰艇和鱼雷艇偷偷地向埃及方向开去。

待到距港口不远时，这些舰艇突然不动了，一列排好了队。在舰长一声令下后，所有的舰上炮手均按下了各式的导弹、鱼雷按钮，只见一颗颗导弹拖着一道道亮光呼啸着飞向港口。很快港口便传来了惊天动地的爆炸声，接着一道道火光冲天而起，浓烟滚滚。

埃及国防部得知以色列正在偷袭自己的港口，才知道上了以色列声东击西的大当，可为时已晚。为今之计，只能走一步算一步。

于是埃及调动了港口所有可以调动的火力，向以色列还击。

由于在战前，埃及将两艘驱逐舰调至了红海，这时的埃及，好似少了两只胳膊的伤兵，即使发挥了自己生命的极限，也还是无力招架来势汹汹的以色列舰队。

就这样，以色列在不费吹灰之力的情况下，迫使埃及签订了停战协约。

圣诞夜的"猎手"

1969年，以色列军方根据他们获取的情报，准备在法国西海岸一个海湾里抢劫法国海军的导弹快艇。

抢一艘船本不是一件容易的事，更何况是一艘导弹快艇。以色列人担心在实施抢劫时双方可能会发生激战。一旦打起来，那些担负抢劫使命的特别行动队就可能会肉包子打狗——有去无回，还有可能引发对以色列不利的国际舆论。以色列军方高层决策人员经过反复考虑，设想了多种行动方案，最后决定采取"夜鹰"行动，派出精干的特工人员冒险深入敌穴，设法以智取胜，把船偷出来。

特工所面临的第一个问题，就是那导弹快艇毕竟不是模型，无声无息是弄不走的。只有先把它发动起来，才能开回以色列。但如果马达的轰鸣声骤然在静谧的军港内响起，对方顷刻之间就会将港口封锁。

必须找出一个掩盖马达轰鸣声的办法来。决策人员连夜翻阅有关资料，终于想出了一个妙计。

1969年12月24日夜零点，濒临英吉利海峡的法国西海岸伯克港灯火齐明，大小教堂的钟声响起，人们沉浸在一年一度的圣诞节的狂欢之中。

军港中的许多军官也上岸到教堂或休假回去过圣诞节了，水兵们也各自在俱乐部欢度圣诞，只留下少数几个水兵守卫着军港。他们怎么也想不到，会有人在这个时候来偷船。黑夜中一伙人悄悄接近了军港，为首的是个精干的中年人。他们利用军港周围的建筑物作掩护，一直来到军港的西北角上。这里本来是军港的一个仓库，后来废弃了，因此这里的守卫相对来说比较松懈。那中年汉子把手一挥，一伙人霎时就越过了栅栏，潜入了军港的夜幕中。

1号码头上，上士费利和下士约克正在执勤。远处不时传来教堂的钟声和人们的欢呼声。费利看了看约克道："我说，你怎么无精打采的，是想家了吧？"约克垂头丧气地答道："是啊，难道你不想？"

"我刚来时，也天天想家，可几年下来，也就那么回事了，你慢慢会习惯的。"

"但愿如此。"

费利看了眼约克，轻轻笑了起来："再坚持一会吧，等下了岗，我带你去乐乐，准保你不想家。"

"嘿嘿。"约克笑了笑。突然在他们左侧传来"吧嗒"一声响，像是什么东西掉在地上了。约克紧张地捅了捅费利，压低嗓音道："费利，你听那是什么声音？"费利笑道："你别大惊小怪了，大概是什么东西被风吹到地上了。"约克听费利这么说，也不再说什么了，可心里依旧忐忑不安，瞪大了眼睛左右前后地张望。忽然，在他们的侧面有个黑影一闪，这回费利也看到了。他低声对约克说："小心点，我们过去瞧瞧。"他们端着枪慢慢向左侧走去，那里堆放着一些军用物资，从外面看不见有什么人躲在那里。于是，费利让约克等在外边，自己进去看看。约克等了好久，可费利还不出来，约克不由得心里发毛，刚想去叫他。好像从地底下冒出来似的，忽地钻出两个人来。约克还来不及举枪，就觉得脑袋被什么东西狠狠地敲了一下，顿时失去了知觉。他没有看到，在他的身边又陆续冒出来十几个人。

那个精悍的中年人低声笑了笑，对手下人说道："快，时间不多了，赶快上船，注意，千万当心别弄出声响来。"说罢，带头向停泊在岸边的导弹快艇跑去。

由于圣诞放假，船上的水兵都上岸去了。因此，这伙人很轻易地便上了那艘导弹快艇。一会儿，马达轻轻地转动起来，快艇缓缓地离开了码头。等那船头调转过来后，马达一下子轰鸣起来，快速地向港外驶去。这时正好各处的教堂敲响了午夜的钟声。马达声被淹没在钟声的鸣奏中，再加上警戒松懈，没有人发现这艘导弹快艇驶离了海港。这就是以色列人巧妙选择的实施行动计划的最佳时机。

导弹快艇就这样神不知鬼不觉地驶出了海港，然后避开法国的雷达，顺利驶回了以色列。等法国人发现不见了导弹快艇，已经晚了。虽然他们通过分析各种情报，知道是以色列人干的，但由于拿不出确凿证据，又加上一旦说出自己的军舰在自己的军港中被人偷走，也是一件很不光彩的事，法国人只能打落牙齿往肚里咽，把船被偷的消息严密封锁起来，只说是船出了故障，拖到船厂检修去了。而费利和约克也被调到了别的地方。事后，以色列人根据法国的导弹快艇很快研制出了适合自己军队用的导弹快艇，法国人见了只好干瞪眼。

报告失窃

20世纪60年代末，美国国防部和国务院为了对美国驻海外军事基地作重新的部署，曾经组织了一个专家调查团。一批政府和民间的专家们，在团长麦克林托克·伍德的率领下，进行了大规模的调查。在这个基础之上，提出并制订了一个新的世界战略方针，这个指导美国70年代军事行动的文件以调查团长的名字命名，称作"麦克林托克·伍德报告"。

"麦克林托克·伍德报告"不但有美国军事力量分布的全貌，还包括北大西洋公约组织军队的装备和战略。从调查开始，到报告提供给总统修改批准，共耗资2000万美元，足见这份报告的价值和受重视的程度，也充分说明这份报告的机密性。

可是，这样重要的机密文件居然失密了。根据中央情报局在苏联的内线人物报告，苏联最高领导阶层已经得到了这份报告，并且正在研究对策。这一情报使美国各情报机关的首脑们大惊失色，只怕泄密事件发生在自己的部门，纷纷组织强大的侦破力量进行侦察。

中央情报局成为侦察的主要力量。他们对每一份"报告"的文本都进行了详细的科学检查。当初，在印制"报告"的时候，曾在所有文本上加密，哪一份"报告"被复印、照相或者被无关的人员触摸，中央情报局的先进检验设备都可以发觉。

国防部的文件被检测，国务院的文件被检测，甚至保存在白宫、供总统查阅的文本也作了必要的测试，这些文件没有被拍照，没有被复印，也不曾落入不该接触的人员之手，美国国内的文本安然无恙。得出这样的结论，各部门当然高兴。只有中央情报局喜忧参半，没出问题当然好，但是没有一点蛛丝马迹，让他们如何侦破这桩失密案呢？

问题牵涉到了盟国。因为"伍德报告"还有一个副本，是美国提供给北大西洋公约组织的最高首脑部的，重要的盟国军事首脑都接触过这个副本，现在，这个副本应该保存在法国国防部的保险柜里。

中央情报局立刻派皮特去巴黎调查这个副本是否失窃的情况。皮特实在感到为难。他知道，北大西洋公约组织为了协调所属国的情报工作，建立了欧洲军队最高司令部谍报局，中央情报局为此拨出了大笔款项，派驻了代表，但是，越是想统一，谍报工作越不统一。在统一的谍报组织里，所有的人都不相信别人，互相牵制着。美国人窃听过好些国家谍报人员的电话，怕的是那些国家的谍报人员接受苏联的津贴，成为双重间谍。这事儿是公开的秘密，因此招惹了极大的不满。而在所有盟国的谍报机构中，法国是最不听话的"坏小子"，这一次的乱子，恐怕就要出现在他们身上。

情况果然不出皮特所料，对北大西洋公约组织的副本进行检查后，发现它已被人复制，而复制的时间不会超过一个月。皮特把文件送出美国后北大西洋各国首脑接触文件副本的时间按先后顺序排了个队，结果证明在副本被复制的时间内，它只藏在法国国防部的保险柜里，是法国人泄漏了这份"报告"。

中央情报局得出这样的结论之后，立刻派人到巴黎，把情况通报给了法国的情报机关。如果按照过去的情形，法国情报机构绝对不会买中央情报局的账，他们一向独行其是，而且连法国官方也不大能干涉他们的独立行动。现在，"伍德报告"事件牵涉面太大了，他们不得不慎重对待。

事情就是这么奇怪，法国情报机关的相对独立性，到这时候反而变成了中央情报局破案的有利条件。他们可以借用这种独立性，避开法国官方的干涉，单独跟情报机关配合，查出那个向苏联提供"报告"的内奸。

法国的信誉使他们的情报机关格外卖力，情报部门很快地筛选出在失密的那一段时间里曾经接触过"报告"的几位要员名单，在这几个人中间，总理办公室的一位要员明显地有着最大的嫌疑。

于是，中央情报局动用了自己在苏联克格勃里的内线，要他们报告失密阶段曾去西欧执行任务的克格勃人员名单。在执行任务的人员中，确实有一位到过巴黎，并且跟主要的怀疑对象见过面。见面是一次公开的外交活动，那位总理办公室要员正负责着这一次公开的接待工作。

事情越来越清楚，主要嫌疑人既为法国服务，又听命于克格勃，是一位标准的双重间谍。他在接触到"伍德报告"的时候，曾经使用总理办公室的设备，替克格勃复制了副本的副本，还让克格勃间谍通过外交信件，堂而皇之地偷出了法国。

　　事情查清楚后，法国国内好像发生了一场大地震，总理办公室的要员被捕，而且证明他一直为克格勃工作，曾经把很多情报交给了苏联间谍。这一案件造成了一次政府的危机，最后连总理也辞职换了人马。

真正的演员

　　国防工程师安东诺夫收到了一封信，信是他母亲的好朋友写来的，说他乡下的母亲身患重病，正在医院治疗。

　　安东诺夫是个孝子，他接到信后，心里像着了火似的，一下班就按照信中的地址找到了母亲好朋友的住处，如果不问个明白，他整晚都睡不着。那是一幢乡下别墅，安东诺夫敲开门后，见到的是一位妇女，那妇女问他是谁，安东诺夫拿出信说，他找安娜。

　　那个中年妇女接到信一看，说："您就是安东诺夫？我是给你写信的安娜，来，进屋里坐吧！"

　　安东诺夫根本坐不下来，他张口就问："我妈怎么样？"安娜笑了："没什么大毛病，现在已经治好啦！"听到这话，安东诺夫才放下心来。

　　两人一见如故，交谈中，安东诺夫知道安娜是名演员。突然，安娜问道："您口袋里那鼓起的好像是支手枪吧？"安东诺夫自豪地在腰间拍了拍："那当然！"

　　安娜羡慕地说："虽然我演过不少电影，也用过枪，可那都是些假家伙，不知您能不能给我看看真家伙是什么样的。"

　　安东诺夫从腰间解下枪，递给了安娜。安娜惊喜地接过枪，可就在她握到枪的那一刻，脸色突然一变，把枪指向了安东诺夫，严肃地说："工程师，我们来谈点正经事吧！"

　　安东诺夫傻了眼，张着嘴半天讲不出什么话来。安娜冷笑一声说："今天，我是奉命来取你的公文包和人的。"

　　安东诺夫明白了，他一把抱紧了公文包，惊慌地说："不行，这里面都是国防机密，我不能……"

　　安娜不以为然地说："那我只好连你的命都要了！"

　　安东诺夫紧抱着公文包的手垂了下来，沮丧地把包递了过去，就在他递出公文包的一刹那，安东诺夫大喊了一声："看后面！"安娜本能地回过了头，安东诺夫猛地扑向了前，一把夺下了枪，喝道："举起手来，告诉我，你是干什么的！"

安娜突然笑了起来："看你紧张的样子！我只不过是个演员，刚才跟你开了个玩笑，最近我刚接了一个片约，扮演一个女间谍，我没别的意思，只是想试演一下！"

安东诺夫糊涂了。这时，安娜从口袋里又掏出了一封信，"瞧，这儿还有一封，你母亲让我交给你的信。"安东诺夫接过来一看，果真是母亲的字迹，于是，他相信了安娜的话，长长吁了口气，把枪放在了桌子上，然后朝椅子上一靠，哈哈大笑："你可真会开玩笑！依我看，凭你刚才的演技，你早晚会出名。"

"真的吗？"安娜也笑了，她朝安东诺夫靠近了几步。说时迟，那时快，她不等安东诺夫反应过来，一下子就把桌上的枪抢了过去，身子敏捷地向后跳开，枪口指着满脸困惑的安东诺夫，吼道："不许动，否则我开枪了。"

安东诺夫一下就笑弯了腰，他捂着肚子说："安娜，戏都演完了，别再开玩笑啦！"

"演戏？"安娜撇了撇嘴，"没人跟你演戏，快把皮包交出来！别费时间了，其实只要你交出公文包，我们是不会在乎什么钱的！"

安东诺夫彻底明白了，一切都是真的，这一来，他反而变得镇定起来，从口袋里拿出一支烟，跷起二郎腿，慢条斯理地说："恐怕那支枪是认人的，不会听你的话。"

什么，安娜不相信安东诺夫的话，她扣动了扳机，竟一点动静也没有。

安东诺夫站了起来，朝安娜走去。"别靠近我！"安娜声嘶力竭地吼道。安东诺夫劝道："你别费劲了，枪里没有子弹。"

安娜顿时像被抽去骨头的狗一样瘫在地上。

安东诺夫取回自己的手枪，说："我们自我介绍一下吧，我，国防工程保卫科科长阿诺兴中校！"

安娜彻底失望了，她问道："那安东诺夫呢？"

阿诺兴笑了："安东诺夫今天有点其他的事，没来，所以我替他来了，你不会介意吧！我想，我的演技也还不错！"说完，阿诺兴一挥手，马上从门外进来了两个年轻人，把安娜给铐了起来。

工业间谍

随着科学技术的发展，间谍并不只用在军事上，如今还用在工业上，"工业间谍"便由此而产生了。工业间谍主要是窃取先进的科学技术，或者专门从事工业情报的交易。

这天，法国一家照相器材厂的实验室主任汉尔起得特别早，因为今天要有两位英国客人来访，据这两位英国客人的材料介绍，他们都是很富有的人，这次来访的目的是考察照相器材厂的情况，以此来决定对不对工厂进行投资。这可是天上掉下的馅饼，能不令人高兴吗？

8点刚过，汉尔已经穿得整整齐齐地站在了办公楼前，恭候两位客人的到来。8点半的时候，两位客人乘坐一辆豪华的小轿车进入了工厂，在办公大楼前停了下来。汉尔上前几步，热情地拉开了车门。

来的客人一个叫彼得，一个叫约翰，他们一下车，就握住了汉尔的手。双方寒暄过后，汉尔邀请两位客人去自己的办公室先休息一会，两位客人却摆起了手："休息不必了，还是先参观参观工厂吧！"

一听客人这么说，汉尔便点了点头。于是汉尔就带领着客人一间厂房一间厂房地参观，两位客人好像对什么都好奇，问这问那。彼得问道："贵公司如果想要在市场上占有一席之地，必须要有自己的拳头产品，这样才能生存下去，不知你们在新产品研制方面做得怎么样？"

看着彼得和约翰一脸的好奇之色，汉尔怔住了，他心里升起了一些疑团：这两位客人对照相器材方面是非常了解的，而且他们根本没讲过任何外行的话，看样子并不像单纯的投资者。于是，汉尔多了一个心眼，他打起了哈哈："对技术方面我并不很懂，我好像没听说过公司有什么新产品，我们赢得市场主要是靠售后服务！"

彼得和约翰对汉尔的回答并不满意，他们皱着眉头嗯了几声。

下面要去参观的是公司的实验室。汉尔变得十分"热情"，他一步不离地跟着两位客人，但对他们提出的一些关于技术方面的问题，总是故意把话题岔开。这样一来，客人便没了和汉尔交谈的兴趣，他们一言不发地只顾低着头看。

在观看一种新的显影液时，约翰显得特别专注，他的两只眼睛都要掉进显影液中了。此时，汉尔也有些紧张，万一这两个家伙是工业间谍，把他们的研究成果偷了出去，那在今后的市场上，公司可要吃大亏。汉尔恨不得多长一双眼睛，他死死盯住彼得和约翰的一举一动。

约翰伸了伸腰肢，他微笑着说道："今天，天好像有些热！"说完，他把西服的扣子给解开了，做完这一切，他又低头去看显影液了。

眼尖的汉尔一下子便注意到，约翰那条长长的领带竟"无意"中伸进了显影液中。汉尔心头一惊，暗想不好，他回去只要把领带上的溶液痕迹化验分析一下，就很容易得到这种显影液的配方了，公司里的科技人员花了几年的科学研究成果，他便一下就能掌握。汉尔眼睛一转，计上心头，他扭过头，对身后的服务员低语了几句。

交待完后，汉尔对两位客人说道："彼得先生，约翰先生，看完了吗？这些都是最一般的，没什么了不起，和别的公司一样。两位先生也看累了，去休息室休息一会吧！"

彼得和约翰带着满意的神色跟着汉尔去了休息室。他们坐在休息室的沙发上，十分惬意地品起了服务人员送来的咖啡。过了一会，刚才和汉尔低声交谈过的服务员走到了约翰跟前，彬彬有礼地说："先生，您刚才在实验室里把领带给弄脏了，请换条新的！"

约翰一下子愣在了那儿，好半天他才回过神来，连声说道："不用了，只不过是一条领带，贵公司简直是太好客了！"

服务小姐冲约翰露出了甜甜的笑意："先生，这是我们应该做的，我们要让每个人都高高兴兴地来去，再说这也是我的工作！"

一听服务小姐如此说，约翰显得十分尴尬，他咧咧嘴，不好再争辩什么，只好解下领带，换上小姐送上来的新领带。

彼得和约翰没有在厂里再待下去，他们很快就告辞了。

几年后，汉尔在报纸上看到了彼得和约翰的照片，报纸上说这两人是工业间谍，是骗子，专门靠偷取别人的科技成果卖钱过日子。读完消息后，汉尔长长地出了口气，他为当时自己的正确判断而感到庆幸。

乞丐内的间谍

英国一家报社里有位叫曼斯的记者，他写了很多稿子，但都没出名，为此他感到有些难过。曼斯小时候最喜欢看的是关于间谍的故事，那些间谍中不乏大记者，他们把自己的经历写出来，一举成名了，可现在是和平年代，曼斯感叹自己没有用武之地。

一个偶然的机会，曼斯得知在伦敦有一个地下乞丐帮会，他想如果自己像个间谍一样混进去，打探出他们的内部消息，再写出来，那肯定能引起轰动。

说干就干，曼斯换上一套破烂不堪的衣服，混在乞丐中沿街乞讨起来。一连几天过去了，曼斯的日子过得苦极了，但他也没碰到什么乞丐帮的人。正在他快要泄气的时候，一个和他一样的老乞丐出现在他的面前，老乞丐一脸吃惊地瞪着曼斯问道："你这个家伙，你怎么敢在这里乞讨，你知道这是谁的地盘吗？看样子，你是活腻了。"

曼斯装出一点都不明白的样子，从口袋里掏出一支烟递给了老乞丐。老乞丐接过烟，点燃后，猛吸了一口，才慢悠悠地说："这儿是霍斯帮的地盘，幸亏你遇见了我，要是被他们抓住，不把你打个半死才怪呢，谁让你敢在他们的地盘上要饭呢？"

曼斯马上装出害怕的模样，求老乞丐救救他。老乞丐说："看你的样子，还是个能守规矩的人，给我一英镑，我引荐你加入霍斯帮，只要你和我们一伙，就没人敢欺侮你了。"

老乞丐把曼斯带到了一个贫民窟里，这种地方，曼斯从没来过，里面到处是垃圾，到处是臭味，简直不像人住的。老乞丐继续领着曼斯朝里走，很快，他们来到了一间大房子旁。老乞丐说："你先在这儿等一会，我去报告一声。"

10分钟后，老乞丐出现了，他朝曼斯一挥手，让他进来。进去后，曼斯简直不敢相信自己的眼睛，大房子里竟像皇宫一样，要什么有什么，哪里是一个乞丐的家！正在曼斯东张西望的时候，老乞丐碰了碰曼斯，让他注意点。曼斯这才收回眼睛。

屋子中间坐着个脸上有刀疤的人，不用讲，他就是头领霍斯。曼斯忙向对方行了个礼，自我介绍道："我叫曼斯，刚从发大水的乡下来，只是想混口饭吃，没别的想法！"

霍斯咧开嘴打了个哈欠，说："饭是够你吃的，只是你晓得我们这儿的规矩吗？"

曼斯瞪着迷惑的眼睛，摇了摇头。

"其实规矩非常简单，只要你每个星期交给我一个英镑就行了！如果在这一带有人敢欺侮你，你来跟我讲一声，我会公平处理的。不过话也讲回来了，如果你不按时交纳那一英镑，那后果——"

不等霍斯讲完，曼斯就忙不迭地说："您放心，我不是不懂事的人，我一定会按规矩办。"

霍斯露出了满意的神色，他挥了挥手，示意曼斯下去。

曼斯和老乞丐一起出了大房间，并和他搭成了伙，在一起要饭。很快，曼斯就觉得乞讨的生活根本找不到什么有价值的东西，看样子还必须要深入虎穴。但用什么办法呢？曼斯思前想后，最后决定不交那一英镑，看看结果会怎样。

两个星期过去了，曼斯一分钱也没交。这天晚上，曼斯和平常一样来到了桥洞下，准备睡觉，可就在这时，突然从空中飞出一个麻袋来，一下子套在了他的身上。曼斯惊恐地喊道："你们是什么人，你们这是干什么！"

曼斯听到一个沙哑的声音："老子还没问你话，你还敢先问老子，我问你，每个星期的一英镑到哪儿去了！"

曼斯马上知道是霍斯，他是来要账的。曼斯挣扎着喊道："放我出去，我就告诉你！"

"你想出来，恐怕没那么简单，你根本没把我的话放在心上，来人呀，给我狠狠地打！"

曼斯只感到七八根棍子落在自己身上，他痛得喊叫起来，可是没有人理睬他。

　　半个钟头过去了，曼斯被打得遍体鳞伤，身上连碰都不能碰。霍斯看差不多了，便让手下的人停止了。他上前两步，朝麻袋上踹了一脚："告诉你，这事还没算完，我给你两个星期的时间，你要交给我六个英镑，四个英镑是你应该交的，另外两个是罚款！"说完，霍斯和他手下的人扬长而去。

　　挨了一顿毒打后，曼斯再也不敢冒充乞丐了。他回到自己的家中，一面养伤，一面开始写他这次的经历。

请　客

　　位于美国西北部的蒙大拿州大瀑布城，是飞往阿拉斯加费尔巴克斯和苏联西伯利亚航线的起点站。所有经由这条航线回国的苏联公民，都要在这里搭乘民航班机。因此，机场设立了一个检查站，由陆军部的约丹中校担任联络官。

　　约丹中校是个一丝不苟的职业军人，他工作认真负责。一切没有外交豁免权的外运行李，他都要逐一检查，弄清它们确实没有什么违禁品之后才放行。

　　当时，从苏联到美国的采购代表团很多，他们对约丹中校的检查站十分伤脑筋。那些采购代表团中间，混着一批苏联间谍，他们在美国常常可以轻而易举地弄到需要的情报，就是怕在大瀑布城被约丹中校发现。代表团里那些真正来采购货物的苏联官员，也对约丹中校恨之入骨。能够到美国一趟不容易，谁不想私自带一点中意的东西，放在官费的包裹中带回苏联去？那些东西倒不是违禁品，但是，经过约丹中校公开检查，个人的一切隐私就全部暴露在同事们面前，这正是他们最害怕的。要是消息传出去，有人雁过拔毛，向你讨一点还算好的，万一哪位一本正经的领导，因为知道你夹带私货，轻则降级，重则被发配到西伯利亚，那可不是闹着玩的小事。

　　于是，来来往往的采购代表团众口一词，以极不友好为名，要美国当局把约丹中校从机场调走。可惜，陆军部不买任何人的账，坚决让约丹中校像根钉子般钉在大瀑布城，苏联人也只能徒呼奈何。

　　关系这么僵，苏联采购代表团的官员们就不会给约丹中校好脸色看了。他们的出国津贴少，因此花钱十分吝啬，每当他们跟着约丹中校到军官食堂就餐，一律地装痴卖傻，不肯从钱包里掏一个子儿，而是让约丹中校去付钱，他们把这种方式当做报复的手段。

约丹中校实在付不起这个钱，只得在食堂开了3部自动售货机，用它获得的利润支付苏联人留下的账单。他们毕竟是客人，约丹中校总不能亲自去掏他们的腰包。

不料有一天傍晚，在约丹中校上班之前，最近到达大瀑布城的一批苏联采购团官员竟客客气气到约丹中校住处拜访他来了。他们说了许多感谢的好听话，还提出邀请，要约丹中校到他们下榻的饭店去，他们临行前想要请美国朋友吃一顿。他们还表示，这完全出于两国人民的友谊，请中校一定赏脸。

这一席话让约丹中校觉得，快要落山的太阳又慢慢爬到头顶上来了。客人们的盛情难却，约丹中校只得向自己的部下稍作了些交代，驱车来到了苏联人住的饭店。

在饭店的食堂里，苏联人确实为约丹中校准备了一席丰盛的晚宴。桌子上有小鸡，有牛排，还有苏联人带来的鱼子酱，他们自己烧的罗宋汤，更有苏联客人每餐都少不了的伏特加烈酒。

宴会开始了，苏联人毫不客气地大吃大喝起来。他们把酒杯倒得满满的，提议为斯大林，为莫洛托夫，也为美国总统罗斯福干杯，要约丹中校也像他们一样，一杯一杯往喉咙里倒伏特加。

可是，约丹中校偏偏是个滴酒不沾的人。他对今天的宴会起了疑心，早就吩咐部下，只要有飞机出站，一定要往饭店打电话叫他。果然，不久就有电话来找他，约丹中校便立即赶到了机场。

机场的检查站外，两名武装的苏联人正守着一批黑色的手提箱，不让约丹中校的部下靠近。当约丹中校带着一名荷枪实弹的士兵走近时，两名苏联人指着箱子上白色绳子上的红色火漆印叫起来："外交豁免权！外交豁免权！"

约丹中校不买他们的账，对他们说："即使是外交件，也应该打开箱子让我过目；我绝对不会动外交物品，也不会放过任何违禁的物品！"

第一个箱子被打开了，箱子装的居然全是吗啡。约丹中校一眼就看出，这些药用镇静剂是陆军放在仓库里待运的军用物资。苏联人的手提箱曾经跟军需品放在一起，这些人竟顺手牵羊把吗啡放进了自己的手提箱。约丹问那两个苏联人，他们却推说手提箱不是他们的，不知谁在里面放了什么。

约丹中校不由大怒，他吩咐打开所有的箱子检查。在第五只箱子里，他又有了收获。打开箱子，表面盖着一张地图，这种地图虽然在任何一个汽车加油站都可以买到，但不知是谁在汽车地图上做了各式各样的记号，约丹中校知道在记号所在地，有国防部的各种兵工厂。

地图下面，是一叠资料，这些资料来自原子试验场，标题是"铀+92"、"中子"、"裂变产生的能"和"回旋加速器"，等等。中间还夹着一张白宫用的字条，上面写着："费了九牛二虎之力，才从特种武器司令部那儿弄到。"署名为"H·H"。

这一下，手提箱的秘密完全暴露无遗。苏联人是在偷运最机密的原子弹文件，假如这些文件运到了苏联，在两个国家试制原子弹的竞争中，苏联将得到极大的利益，他们将利用美国的研究成果，更快地制造出核武器来。

约丹中校下令，没收装着吗啡和绝密文件的箱子。同时他也完全明白了一点，苏联人为什么今天变得特别慷慨。原来是想调虎离山，把他灌醉，从而使秘密情报顺利蒙混过关。

成功的招募

在华盛顿中央情报局总部，那座被称为兰利大楼的第12层，有一间不起眼的办公室，每天，总有专门的人员把一大捆苏联报纸送给在这儿办公的女研究员艾丽斯，月复一月，年复一年，年逾不惑的艾丽斯都与这些报纸为伍，她研究的科目就是苏联的人事变动。

要研究苏联的人事变动，对于艾丽斯来说，也是无法胜任的，苏联的各级官员太多了，艾丽斯只管其中很小的一部分——苏联的中级干部的升降。

这一天，艾丽斯像平日一样，到兰利大楼上班，报纸一份一份翻阅过去，有关的消息也都摘抄完毕，艾丽斯开始了照例的核对工作。看来，这又是极普通、极平凡的一天，那些消息总不会超出中央情报局的估计。

但是，今天的情况有点反常，在核对到一个极重要的中级岗位时，中央情报局的材料中明明白白写着，这个岗位上那位年迈力衰的领导不日便会退位，让位给一位叫安德烈的继任者。无论从资历还是后台背景方面看，这种接替是毫无疑问的。可是，报纸上却刊登着，这个岗位已由另一位官员占据，从基辅来的巴巴罗夫不仅是总书记兼部长会议主席赫鲁晓夫的老部下，而且以善于处理困难事务出名，当然，他的资历不够，这一点已经无足轻重了。

艾丽斯发现了这一异常的变化，略略感到了一点兴奋，单调而又重复的工作总算有了改变，一阵涟漪反正强于一潭死水。她很快把这情况写进了一份备忘录中，并把今天的这个收获送到了另一个办公室，交给了那里一位中年男子，他专门处理这一类备忘录。

那位中年男研究员名叫罗杰，他的公事更简单，假如艾丽斯以及其他几位没有备忘录送来，他只得成天空闲着。今天艾丽斯把工作送来了，他立即找到了安德烈的私人档案，一经对照，罗杰发现，安德烈已经第二次没有得到正常的提升了，这位可怜的苏联中级干部总是被人挡住提升的道路，恐怕他伏特加酒量已经增大了许多。

敏感的罗杰立刻抓住了这一材料，他丝毫不掺入感情因素地写了另一份备忘录，客观地反映安德烈的仕途波折，并把备忘录送交到中央情报局负责招募雇员的行动部门。从艾丽斯到罗杰，还有其他人数众多的男女研究员的工作，除了积累丰富的档案资料外，更需要的就是安德烈的这种情报。

在第三个办公室里，有关安德烈的备忘录被办公室所有成员反反复复翻阅。办公室里，上至主任，下至科员，为了安德烈费尽口舌，争论的结果是，安德烈由于受到官场屡次不公平的对待，一定心生怨恨，而这种情感恰好是中央情报局招募他的思想基础。这样的一名苏联中级官员将成为中央情报局的间谍人员，只要想到这一结果，任何一位中央情报局负责的雇员，都会从梦中笑醒过来。

当然，这一切有可能是克格勃的圈套。克格勃让自己的一名间谍在仕途受尽委屈，引诱中央情报局的间谍前来物色内奸，然后把潜入苏联的间谍一网打尽，取得对中央情报局争锋相对斗争的一个回合的胜利。

是冒险去招募安德烈，还是火烛小心，免上克格勃的大当？一份备忘录引起了负责中央情报局招募工作官员更多的争论，权衡利弊，他们还是下了决心去冒这个险。在中央情报局的得失天平上，得到一名有价值的内奸，肯定比损失一两个特务人员重要，反正这种招募工作是绝对的单线联系，正式操作人员不会超过三个，他们应该冒这个风险。经过一场周密的安排之后，第二年的秋天，在一个漆黑的、阴雨绵绵的夜晚，中央情报局的招募人员在涅瓦街头跟安德烈见了面。三言两语之后，中央情报局的特工舒舒服服叹了一口气，不出所料，安德烈对官场的不公忿忿不平，对自己屡遭歧视而心怀怨恨。

下边的游说立即方便多了。中央情报局的特工向安德烈详细交代了展开谍报工作的要点，包括一旦情况紧急，如何秘密地把他送出苏联，躲过克格勃行动人员的追杀。他还向安德烈保证，出了苏联，中央情报局将负担他全部生活费用，让他过上舒适的西方生活，直到他找到满意的职业。

下边的条件更让安德烈动心：对于安德烈付出的辛劳，中央情报局将会给予一笔可观的报酬，这笔钱将以假户头存入一家保密的瑞士银行，这

份津贴肯定是安德烈终身梦寐以求的养老金。

安德烈接受了这一切，成为中央情报局在苏联的一个重要情报来源，替中央情报局干了好几年，对于中央情报局来说，其效果简直超出了事先的预想。他们在跟克格勃的较量中，又大大地赢了一笔。

挂衣钩里的机密

　　一连几个月，五角大楼都在为一件事伤神烦心。种种迹象表明，苏联在他们的远东地区部署了第一批战略轰炸机，那是一种新型的远程轰炸机，可能具有携带核武器的能力。由于苏联远东地区离美国本土最近，这种飞机便立即构成了对美国的严重威胁。五角大楼要求中央情报局立即设法查清该飞机的最大航程，以及它的有效载重量，以便美国军方采取必要的对策，抵消可能发生的不良影响。

　　又过了几个月，中央情报局已经通过各种途径，了解到了这种新式远程轰炸机的部分情况：它的产地，它的外表，它的最大航速，它的设计师……但是，国防部最关心的飞机航程和有效载重，还是一无所知。苏联人在一开始就特别注意对它的保密工作，把它视为裁军谈判桌上的一张王牌。在中央情报局接受的任务里，这恐怕是比较棘手的一件了。

　　好在天无绝人之路。中央情报局的一位女雇员在她的日常工作中，替负责调查新式飞机的专门小组开辟了另一条途径。这位女雇员的日常工作是从苏联公开的报纸上摘抄各种官员的活动消息，然后从中分析谁能够很快得到提升，用来决定美国对苏联官员们的态度。

　　这一次，她注意到乌拉尔一家有色金属工厂的负责官员意外地获得了一枚勋章，这种勋章一般只授给对苏联国防事业有卓越贡献的人士，而这次授给的人，无论从哪方面看，都从未涉足军方的活动，事情岂不让人费解？

　　远程轰炸机调查小组的专家偶然看到了这份材料，凭着他专业方面的直觉，他觉得这枚勋章给得有道理，假如这位官员的工厂恰恰替一种最先进的飞机制造出符合设计要求的合金，那么他完全有资格获得这种殊荣。

　　思想已经畅通，结论很快就有了。凭着中央情报局丰富的、无所不知的资料，那家工厂的真实身份马上暴露无遗。那是一家挂着民营企业牌子的军事企业，工厂的主营产品果然是航空合金材料，而且确实是飞机生产工厂的合金供应者。

调查组几乎失望了。要去乌拉尔一家严格保密的厂里，偷窃他们的产品，送到中央情报局的分析室，从分析结果中找到答案。后边的几步完全走得通，只是第一步绝对无法做得到，这种工厂的产品是偷不到的。

这种迷宫式的路，情报局的官员走得多了。第一条走不通，那就走第二条，反正总会有走对的时候。苏联的计划经济让人一目了然，情报局不用花多少气力就查清了合金厂产品的所有去向，要得到新式轰炸机的合金材料，看来并不是不可能的事。

这以后，维也纳国际机场上，每到星期三和星期六，当苏联定期的商业班机降落之后，机场的一个出口处就来了一位身穿深蓝工作服的清洁工人。他把垃圾运输车停在街口，看到机场清洁工推着垃圾从出口处出来后，就开着车慢慢跟在他身后。等垃圾倒进附近指定的垃圾站之后，他就像一位负责的清洁工人一样，把刚刚倒进垃圾站的废物装进自己的车子，然后送到一个废仓库中。

过了不一会儿，另一位衣冠楚楚的男子也来到废仓库，他毫不迟疑地把送来的垃圾放进自己的汽车，开车回到家，锁上大门，倒出垃圾，一点点翻找。

垃圾是那么脏，还发出一股令人作呕的气味。可是，这位衣冠楚楚的先生却毫无反感，一样一样地查看。破杂志，餐巾纸，空瓶子，旅客吃剩的面包皮，打碎了的盘子……他一件也不放过。

一个多星期过去了，苏联商业飞机已来了4趟。这一次，体面的先生终于在垃圾中找到了一个弯曲了的挂衣钩，不知是哪位旅客在挂衣帽的钩子上，挂了沉重的包袱，细细的挂衣钩承受不了重负，拉断了，成为清除的对象，扫进了垃圾堆。

体面先生等的就是它。这位中央情报局在维也纳的工作人员接到上司的命令，一定要把苏联飞机上的挂衣钩找到，哪怕是它的一小块残片也行。

体面的先生仔细地用深色的纸包好挂衣的钩子，外面用绳子牢牢地缠紧，放进一只公文包中，然后出了门。他车子的目的地是维也纳火车站，在小件行李寄存处，他有一个租用的柜子，当他再从车站出来的时候，公文包虽然还夹在他胳膊里，可那已是另一只一模一样的公文包了。

几个小时之后，火车站又来了一位先生。他提着公文包进了寄存处，一会儿又出了站，公文包紧紧地钩在了他的小臂上，别人无法夺去。谁也不会注意那只公文包，因为它跟体面先生带进带出的属于同一种产品。

几天之后，那只公文包就放在了中央情报局宽宽的走廊边一间不大的办公室桌上。调查组的成员都用兴奋的目光盯着它，好像它是这里所有人的贵客。

它确实宝贵。在苏联，飞机制造公司常常把切削过的废料重新熔化，制成挂衣钩一类的小玩意儿，用在各种飞机上。维也纳机场进出的苏联航班，它们飞机上的挂衣钩，正是用乌拉尔那个合金冶炼厂产品的边角料制成的，中央情报局要的就是它。

经过光谱分析和化学测试，合金的成分和它的性能均已清楚，再经过航空专家的计算，苏联新型轰炸机的航程和载重量便都计算出来了。调查组的任务终于完成了。

"间谍"自杀

尼克·克拉克·华伦终于如愿以偿，他找到了一个稳定的工作，他将成为中央情报局一名专门研究员。和所有的美国人一样，他认为中央情报局是政府一个强有力的工作机构，凭他对东欧历史的研究和了解，他可以成为分析该地区问题的一名好参谋。况且，中央情报局的待遇比较优厚，能够改变像他那样拮据的知识分子的生活。

但是，在进入中央情报局之后，华伦立刻发现自己选错了道路。在那里，自己根本无法发挥自己的专长，安排给他的工作，是天天阅读东欧地区的报纸，要求他竭力发现那些国家政府要员们的动态：他们之间有没有勾心斗角的迹象，苏联的首脑对哪一位政界人士特别关注，哪些政要的家庭出现了什么不和谐的迹象，甚至要关心要员们子女的私生活。这哪里是在干正当的情报工作，简直是一位不入流的私家侦探的行当。

华伦认为，现在他干的事简直属于极不道德的邪恶行为。他天天对着那些报纸打嗝，很难写出令上司满意的备忘录来，因此常常要看长官的脸色。对于一位自尊心极强的知识分子来说，这一切几乎等于侮辱。

令他最不能忍受的是，当他一个阶段的工作不能令人满意之后，上司突然让他去做测谎试验。那简直是一种折磨。华伦被系上许多仪器，对提出的许多幼稚可笑的问题作答，而且只许回答"是"或者"不"。有些问题是绝对不能用简单的两个字能解决的，可是机器只准在两个答案里作选择，一场测试下来，华伦觉得自己简直要虚脱过去。他对这种忠诚的测试极为不满又绝对无把握，总觉得一场灾难就要降临到他头上，他无法去接受这种考验。

到了这一年的年底，中央情报局开始裁减雇员，在测谎机前表现得极不稳定的华伦成了专家队伍里首选的解雇成员。命运又一次捉弄了他，使他成为被嘲笑的对象。

华伦从中央情报局被清除出来，立即面临着求职的困难。他在中央情报局待的时间太短了，还没有建立起足够的人际关系，因此类似于分析专家一类的工作，他无法得到，他原来任职的单位无法再安排他，其他单位又惟恐跟中央情报局发生瓜葛而把他拒之门外，他简直到了走投无路的地步。

出于对解雇的极端不满，华伦的思想走到了另一个极端，他竟然设法跟苏联驻美大使馆的武官波波夫中校搭上了线。起初，波波夫对他的身份发生了兴趣，应华伦之邀，跟他会面了一次。见面之后，华伦好像找到了知音，一股脑儿向他倾吐了心中的不满，并且提出，自己愿意为苏联工作。

波波夫越听越不是滋味，所谓的中央情报局雇员，原来是这么一位书呆子，既没有一点当间谍的天赋，又没有掌握到一点有用的材料，要这种人有什么用呢？于是波波夫客气地告诉他，他可以试试到国防部找个工作，这事有了眉目再跟自己联系，说着，像躲避传染病人那样离开了华伦。

波波夫回到大使馆，把情况向上级作了汇报。他立刻受到了严厉的斥责：作为一名武官，波波夫应该知道，从外面打进大使馆的电话，美国的联邦调查局都留下了录音，波波夫绝对不应该贸然去跟这么一位原中央情报局雇员会面，结果狐狸没打着，反惹上一身骚。为了安全起见，波波夫立刻被国内召回，他只得灰溜溜地离开了美国。

可是，华伦却是"剃头挑子一头热"，过了一阵子又打电话来找波波夫。接电话的秘书早知道这件事，回答他波波夫不在，一句话也不想多听就挂上了电话。

当华伦再一次打电话的时候，苏联大使馆的秘书毫不客气地拒绝与他通话，并要他别再打电话来骚扰一个外国使馆，否则他们就要报告联邦调查局了。

华伦听了回话，好像坠入万丈深渊，他立刻想起了联邦调查局窃听外国使馆电话的事，也想起了这几天自己周围的反常现象，他感到联邦调查局已经开始了对自己的监视，自己上一次跟波波夫见面的事实，一定会变成法庭上的证据，想到自己将会无辜地被称为苏联间谍，他的心立刻变得冰凉。

终于，华伦想到了死。这一天，当妻子去上班，家里只剩他一个人的时候，他便安排了一套复杂的方法自杀了。

他用橡皮手套的中指剪成两端都通气的管子，一端套在煤气管上，另一端套在吸尘器管子上。吸尘器管的另一端，又和一件尼龙滑雪大衣的口袋扎紧，让口袋的袋底与衣服衬里相通。他花了近一个小时干完这件工作后，把滑雪衫蒙到自己头上，不让它漏气，又把拉链拉上，下端塞进裤腰，勒紧皮带。这时候，他便被密封在不透气的尼龙衣里面。接着，他坐在煤气管边的椅子上，拧开了煤气开关。

当华伦的妻子下班回到家里，华伦已经死去多时。验尸官从他樱桃红的内脏看出，他的确是煤气中毒身亡，又从他安坐在椅子上的姿势、浑身没有一处被挤压的伤痕得出结论，他是自杀而非他杀。

况且，客厅里的电话机旁，放着华伦的遗书，遗书用端端正正的字体写着："我爱妻子，不希望她受到连累。我一生没有成就，但有人即将陷害我……"

假 司 机

　　加利福尼亚州旧金山市的联邦调查局负责人詹尼斯这两天烦恼极了。这些年来，他日夜操劳，把他治下那块被叫做硅谷的地区看守得严严实实的，从来没出过大差错。不料前几日总局传来消息，说他们得到中央情报局的材料，有一位代号叫"B"的克格勃间谍前些日子已潜入硅谷，而且替苏联搞到了一批高科技情报，还偷出去一些新产品，目前苏联正打算在最新的米格飞机上装备这种产品。材料指出，这一情报得自于中央情报局的一名苏联雇员，绝对可靠。因此，总局要詹尼斯迅速查清事情的来龙去脉，并拔除这颗"钉子"。

　　詹尼斯觉得，中央情报局简直在编造一个天方夜谭式的故事。他对硅谷每一个工作人员都了如指掌，他的电脑里有所有人的资料，谁也别想混进来，怎么能从这里窃取情报和偷到零件呢？

　　事实完全摧毁了詹尼斯的信心，不久，美国空军一个制造公司，也就是硅谷的客户之一，报告说送给他们的产品缺了一小盒集成电路，而那正是中央情报局所说的被苏联间谍偷去的产品。

　　被料想不到的失误激怒了的詹尼斯又像往日一般发疯地工作起来。根据现有的线索，他把最近一个阶段进入硅谷工作的人，不管是工程师还是一个普通的工人的资料，都打印出来，一个个认定或者排除。名单从数百人减少到数十人，再减少到几个人，最后，居然一个也没留下，他们都不可能接触到被窃的产品，甚至无法进入生产区。

　　詹尼斯扩大了查询范围，把近阶段从外地到硅谷求职未成的人员名单调来，看看他们会不会跟内部人员勾结。但是，这个名单过于庞大，资料也不足，电脑无法达到判断克格勃间谍身份的要求。他只得把这一条线索搁在一旁，另寻新的线索。

　　剩下的一条线索存在于运输过程之中。但是，从产品完成到买主手中，一路之上，能接触产品的人实在是太多了，究竟是在哪一个环节上出了问题呢？詹尼斯从头查起，凡是产品经过的地方，几乎都是由不止一个人在场的情况下传输的，前一道必须经过后面一道人的验收，验收都有交接的清单，签名的绝不止一个人。硅谷的保卫工作，就像詹尼斯一向非常自豪的一句话："一切平安。"

等查到最后，产品就要运到飞机场去了，在这个环节上，出现了一个例外，开运货车的只有司机一个人，詹尼斯知道，这便是自己追查的终点了，航空港以后的那段，得让别人去干，所以，他特别注意地查阅了那位司机的材料。说也凑巧，司机也叫詹尼斯，那照片，给了局长詹尼斯似曾相识的感觉，他立即把照片和资料输入电脑，查询的结果是，在最近来硅谷求职的工程师中，有位叫尤里卡的，外貌几乎跟司机詹尼斯一模一样，难怪自己这么眼熟呢。

他们是孪生兄弟？或者是同一个人？材料证明这种可能性不存在。司机在硅谷已经好几年了，而尤里卡就像候鸟一般，飞来又飞去，硅谷从此没有了他的踪迹。

正当詹尼斯为最后一个线索中断而懊恼时，当地的警方却发来公函，要求寻找一位叫詹尼斯的人，那是因为应詹尼斯家乡警方的要求，寻找詹尼斯的下落，詹尼斯的妻子最近患病死了，留下一个不满4岁的儿子，要这位当父亲的来负起家庭责任，对方传送来詹尼斯的照片、身份证号码，还有他的指纹，以及这位不负责任的父亲曾在监狱服刑三年的资料。

照通常的办法，只要把情况通知司机，让他回家处理丧事便行了。但是，詹尼斯总觉得这事儿来得太巧。他多了一个心眼，派人去司机那儿搜集了他的指纹，没料到这一次出于职业敏感的行动，却得到了意想不到的效果，收集来的指纹证明，现在的这个詹尼斯居然不是原来那个司机，极可能是那位面貌相同的尤里卡。一位工程师在硅谷求职不成，居然要冒充司机，这种反常现象的出现只有一个解释：他就是克格勃代号为"B"的间谍，在工厂开往飞机场的偏僻的道路上，一位训练有素的间谍要从货箱里偷出一盒产品，简直不费吹灰之力。

尤里卡被捕后，供认了一切，这位克格勃间谍是苏联加里宁大学电子专业的高材生，接受任务后，本以为要在硅谷找个工程师的职位绝对不成问题，谁知硅谷的职位并不像事先想的那么好找，填了一连串的表格，缴了好多张照片，得到的只有一句话："很抱歉，请你再等一等，到时候我们一定通知你。"

一天晚上，当尤里卡一肚子愁闷从一家酒吧出来的时候，忽然看到电影院散场的人流中有一位长得跟自己一模一样的人。他随即跟踪上前，了解到此人正在硅谷秘密仓库当运输司机，一个大胆的计划油然而生。他通过克格勃在美国的情报站充分了解了这位司机的一切：他的生平、他的家庭、他的嗜好、他的朋友……在一切都弄清之后，一伙人在路上截杀了詹尼斯，尤里卡从此变成了司机。

尤里卡在硅谷住进了司机的单身公寓，从此变得沉默寡言，独来独往，也不敢跟"自己"的妻儿来往。好在美国并不是一个互相关心的社会群体，他的变化引不起别人的注意，直到联邦调查局把他捉拿归案。

从此，硅谷那处秘密仓库的司机就神秘地失踪了，司机詹尼斯的档案里，盖上了死亡标志，这是千真万确的结论。

吹大了的泡泡

俄罗斯边境小城波尔卡发生了怪事。在这天深夜，有好几个人看到半空中挂着一个成年男子，此人穿着睡衣，手中握着根短棍，渐渐向北飞去，这一切在月光下看得清清楚楚。

无独有偶，市报编辑正在拍水电站夜景的照片，可照片冲洗出后，他竟发现水电站的前方上空悬挂着一个穿睡衣、拿短棍的成年男子。

这件事在小城引起了轰动，有的说是外星人，有的说是天使，反正各种讲法都有，一时谣言四起。市保安局为了稳定人心，命令彼得洛夫中尉尽快查清楚这件事。

彼得洛夫中尉首先去了天象观测中心，从那里了解到，没有任何不明飞行物途经本市，然后他又让助手们调查清楚，周围有没有成年男子失踪。虽然线索少得可怜，但波得洛夫还是理出了一些头绪："空中飞人"是随风飞行的，起飞地点是市郊以南的契列穆施卡村，去向是城北的森林。据此，他立即派人到森林中寻找飞行人，而自己则迅速赶到契列穆施卡村。

契列穆施卡村由于离边境不远，所以很多商人都到这儿歇脚。通过调查，彼得洛夫了解到鲁启扬诺娃家有个房客已三天没回家，好像在地球上消失了一样。

房客名叫拉斯谢皮辛，是个残疾人。一个月前从别处转来本地，在市工艺社工作。鲁启扬诺娃把中尉引到房客的小单间里，一看就知道拉斯谢皮辛并不富有，屋中东西少得可怜，只有一些随身替换的衣服。其中有一条花格子的睡裤，正好与照片中"空中飞人"所穿的睡衣配上套，证明了拉斯谢皮辛正是要找的人。

屋角有一只煤气瓶，瓶嘴上套着一段橡皮管，但奇怪的是并无煤气炉和煤气灯，这瓶煤气有什么用处呢？彼得洛夫又发现屋角还有根折断了的鱼竿，只剩下两头，缺掉了中间的一段，彼得洛夫的思路越来越清楚，那缺少的一截鱼竿或许就是"空中飞人"手中的短棍。

从屋里出来，有个小男孩从彼得洛夫身边跑过，他正用一根麦管吹泡泡，他吹的那个泡泡很大，但他的气一放，泡泡马上缩小，以至于在麦管的头上只留下一个小白点。男孩边跑边喊："我要飞喽！我要飞喽！"这句话让彼得洛夫眼睛一亮。

鲁启扬诺娃笑呵呵地介绍道："这是我儿子，够调皮的吧！"

彼得洛夫拦住小男孩："这是什么？谁给你的？"

"爸爸给我玩的！"小男孩说完话又跑开了。

中尉问鲁启扬诺娃："你丈夫在哪儿工作？"

"我丈夫是化工研究中心的保管员。"

彼得洛夫又马不停蹄地赶到化工研究中心，接待他的是化工研究中心的主任，主任接过彼得洛夫从小孩手中拿来的麦管一看，指着顶端的小白点介绍说这是所里正在研制的超薄型塑料的半成品，这种塑料比纸还轻、还薄，却牢固无比，连手枪的子弹都难以击穿，因此有着广泛的用途。

"这么重要的东西，怎么可以流失在外面？"

主任说："我们保管得很严。除了我之外，只有保管员维诺格拉多夫可以拿到这种半成品，不过，即使有人盗窃这种样品，他不知道配方和工艺，仍是无法制造的。"

彼得洛夫又找到了保管员维诺格拉多夫，在中尉的追问下，他吞吞吐吐地承认自己曾拿了一点样品回家，给孩子玩。

"是小孩主动提出要这个的吗？"

维诺格拉多夫点点头，说："孩子告诉我，有人要同他比赛吹泡泡，我本来不想给他的，但他天天又哭又闹，都要把我的耳朵吵炸了。我只好给了他一点儿这种塑料，就这么一丁点。"维诺格拉多夫用手比划着。

中尉推测，这个要和孩子比赛吹泡泡的人就是房客拉斯谢皮辛。这个人为什么要这么做，他有什么目的？彼得洛夫还是不理解。彼得洛夫回到保安局后，他派到森林去查访的助手已经找到了拉斯谢皮辛的尸体，他是被挂在树枝上，摔断了脊梁骨致死的，现在尸体已经拖了回来。

中尉将情况向局长作了汇报，认为残疾人拉斯谢皮辛为了谋取超薄型塑料的样品，故意住进了维诺格拉多夫家中，唆使孩子向在化工研究中心当保管员的爸爸索取一些可以吹成大泡泡的材料。拉斯谢皮辛为了检验样品的真伪,他用装上氧气的煤气瓶作气源,钓鱼竿作气管,在屋里充起气来,于是超薄型塑料迅速膨胀,并飞出窗户升入空中,他来不及脱手,只好牢牢抓住折断了的鱼竿,成为"空中飞人"。

局长听完彼得洛夫中尉的陈述后,笑眯眯地拿出一张纸,递给了中尉。

中尉一看,上面写着:国境上抓获一名间谍,并搜出了和拉斯谢皮辛联系的信件。看来,他们是打算窃取塑料样品,但没料到鸡飞蛋打。

一盘录音带

20世纪70年代初，埃及总统纳赛尔不幸去世，他的继任者是安瓦尔·萨达特。借这个新老交替的机会，早在埃及有深远影响的苏联克格勃加强了活动，他们完全控制了埃及情报部门，而埃及情报部的首脑，又牢牢控制着整个局势。萨达特试探性地采取了一些象征性的步骤来改变情报部门的状况，却没有收到预期的效果。因此，克格勃已经把开罗称作"苏维埃埃及共和国"，他们的得意，并不是没有道理的。

面对这种状况，美国中央情报局当然不会甘心，他们梦寐以求的，就是在尼罗河畔找到立足之地。于是，他们派出了行动部副主任特威腾，冒充西班牙大使馆的工作人员，去建立开罗新的情报站。稳重扎实的特威腾在埃及高层人物中，曾建立过良好的关系，派他去，或许会打开那里的僵局。

初到开罗，特威腾觉得几乎无法在这个国家立足。他的一举一动，都被严密地监视。他不敢跟往日的朋友交往，西班牙美国科的同行告诉他，即使与街上任何一位行人讲了一句最普通的话，那位不幸的人一定会被埃及情报人员传去审问，从那儿放出来，能不受酷刑就算运气。

看来，要想打进埃及政府，必须找个新朋友。特威腾在西班牙大使馆翻来覆去研究埃及政府里一批显赫的人物，他的目光终于落在了总统的亲信顾问阿什拉夫·马尔万的身上。此人在开内阁会议时就坐在萨达特身旁，他因为担心日益依赖苏联的援助，埃及会失去自己的独立性，因而成为美国的崇拜者。他似乎可以成为招募的对象。

要招募一个政府的要员成为中央情报局的雇员，实在是一件困难重重又万分危险的事。特威腾的运气实在不算坏，他无法让马尔万成为自己希望的人，但是由于马尔万对埃及情报局头子谢拉夫的极端厌恶，这位亲美的总统顾问居然同意了跟特威腾保持合作关系。不过，若非十分紧迫的大事，他也绝对不愿意和美国人过从甚密，他考虑的是民族的独立和潜在的政治危险。

即便如此，中央情报局总部对特威腾工作的进展还是大为赞赏。在被逐出这么多年之后，美国终于可以重新进入北非地区，这无论如何是一大胜利。与关键人物马尔万建立的联系，将开辟美埃关系的新纪元。

这样的机会终于到来了。1971年5月，在一个炎热的早晨，特威腾接到总部的急电，指示他立即与马尔万紧急联系，告诉他有人阴谋推翻萨达特总统。

消息的来源是一位克格勃在科威特的间谍。这位名叫萨哈洛夫的职业外交人员过去曾在埃及工作过，早就是一位双重间谍。最近他感到克格勃已经对他产生怀疑，正要把他调回国内，于是，萨哈洛夫和盘托出了克格勃策划的政变计划，并且请求庇护。

中央情报局立即核查了萨哈洛夫的情报，证实了他所提供的计划正在实施之中，而且这次政变极有可能成功，那结果将是令世人震惊的。于是，总部送给了特威腾充分的证据，让他能说服马尔万。

尼罗河畔的古城开罗，应该说是风雨欲来。特威腾身负重大使命，要去会见一位关键的政要，此行关系实在重大，特威腾丝毫不敢大意，出行前做好了充分的准备。

5月的一个早晨，特威腾带着证据出发了。一出使馆，他立刻发现，自己车后已经盯上了很大的一条尾巴。埃及情报部门已有准备，加强了对外国使馆的监视，这便是"有心算无心"的表现。

一个早上特威腾换了四辆车，拜访了好几处外国办事机构，进了三个超市，才好不容易甩掉了尾巴。不过这一折腾也有好处，甩掉了监视哨，特威腾就有足够的时间说服马尔万。他传达了上司对顾问的关心，表达了自己对开罗形势不乐观的看法，接着直截了当指出，总统身边的情报人员和一些高级军官已被收买，一次有利于某大国的政变迫在眉睫；并向这位总统的亲信提供了参加政变行动的人员名单和证据。他的游说最终取得了成功。

离开约会地，马尔万立即会见了总统。他把一盒录音带放到了总统的办公桌上，那是几个参与政变的人互相通报准备情况的电话录音。中央情报局在证实萨哈洛夫的情报过程中，记录了这些通话内容。这盒录音带作为重要证据打动了总统，不几天，萨达特宣布粉碎了一起未遂政变。

准备取代萨达特的副总统萨布里、情报局负责人谢拉夫，以及一批高级军官锒铛入狱，苏联人被监视并最终受冷落，埃及开始寻找西方的支援。不久，在美国加利福尼亚州的沙漠地区，美军建立起一支"红色"沙漠部队，这支部队的坦克和装甲车，全部是苏联最先进的型号，用来训练美军跟假想的敌人对抗。据说，这些先进武器都来自埃及，是埃及总统感谢美国的一种表示。

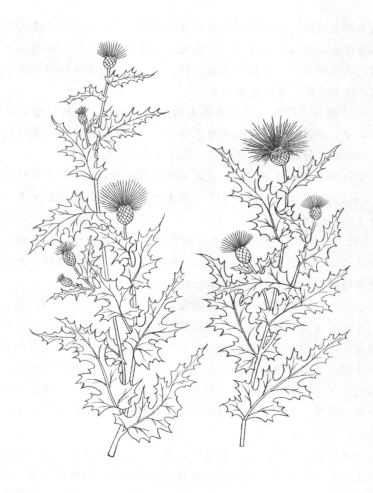

照片风波

　　20世纪70年代初期，中央情报局和美国军方曾经依靠的一种间谍飞机——U2型高空侦察机，已经从它功能的顶峰迅速地跌落。前些年，它有过辉煌的功绩，世界各国的军事工程、民用工程的变化，都无法逃脱它的眼睛，它拍摄到的照片，成为情报的可靠来源。可惜好景不长，这种飞机在亚洲一再被击落，特别是鲍里斯被苏联农庄工人逮住之后，U2飞机成为世界舆论的攻击对象，U2飞机便威信扫地，再也不是情报界的天之骄子了。

　　9月的一天，U2飞机照例又从美国的一个秘密军事基地出发了，今天它要执行的是例行的侦察任务：飞过加勒比地区，带回古巴几个重要地区的航空照片。那时候间谍卫星尚在草创阶段，飞行员还得例行公事般完成规定的航程。

　　这是一趟令人厌烦的飞行，飞行员无精打采地飞完全程之后，把飞机交给地勤人员和照样公事公办的情报人员，就急忙出机场寻欢作乐去了。这一次飞行有没有收获，已经不是他关心的事了。

　　不料假期未过，飞行员尚未尽兴，基地却派人找到了他，把他带回了飞机场。这种飞行本来每个月只进行一次，但这次一个月里竟然进行了三次，每次都飞同一条线路，返航之后，中央情报局的官员立即把照相底片取出，由警卫森严的车队送走。忙得像进入战时状态的飞行员只觉得累极了，不再去想为什么要进行这么频繁的飞行侦察。

　　其实，U2机连续出航的原因，就是因为飞行员那一次漫不经心的飞行。在他带回来的照片上，中央情报局的官员偶然发现，在古巴南部沿海的一个海军基地西恩富戈斯，出现了一个新的建筑物，经过放大处理，由专家辨认，那居然是一个标准的足球场。

　　这一发现，立刻震惊了中央情报局的军事观察家。大家知道，古巴人以往受美国影响，一向把棒球视做国球。跟美国人一样认为足球是一种愚蠢的游戏。为什么会在这么一个偏僻的地方，突然建起这么一个标准的足球场来？答案可能是，这里来了一群喜爱足球的客人。而在古巴的大批足球迷，只可能是大洋彼岸的苏联人，足球是苏联青年人最喜欢的运动。

紧接着进行的另外几次侦察飞行，U2飞机带回了西恩富戈斯地区更清晰的照片。照片上不仅有足球场，情报专家还看到了不少新建的通讯塔，新建的军营和大批高射炮阵地，有的设施已经完工，有的正在兴建。

照片还告诉美国人，西恩富戈斯海港里，最近停泊着一艘9 000吨级的运输船，这种船是专门跟苏制U级潜艇配套的。在运输船旁边，专家们还分辨出吨位更小的两艘驳船。根据情报局储存的资料，这种驳船的来头更大，它专门替核潜艇服务，通常用来存放核潜艇反应堆排出的放射性废料。

不久，中央情报局通过其他渠道获得情报，认定在西恩富戈斯港外停着的一艘潜艇，属于苏制核潜艇，而港内的码头上，有许多苏联人正忙忙碌碌地从运输船上把货物卸下，一些照片上无法辨认的苏联船只，正运来一批又一批的苏联军人。好哇，苏联人竟把波罗的海的潜艇基地搬到加勒比海来了！

中央情报局根据U2侦察机摄到的照片，得出上述结论之后，立刻把情况紧急通报了五角大楼和总统安全顾问。基辛格博士认为，核潜艇及其附属的港湾设施、支援船队，绝对不是一种防御性力量，苏联人把它们放在靠近美国本土的加勒比地区，明显地形成了对美国的巨大的核威胁。把带核弹头的导弹从加勒比海的潜艇中发射，击中美国某一处战略目标，比从苏联本土发射方便得多。

于是，基辛格立即会见了总统，讨论了事态的发展。他们立即决定，给苏联人一个强硬的信息：伊凡老兄，别窥视美国的后院，请严格遵守美苏在1962年达成的谅解。那一次，苏联保证过不把"非防御性设施"运进古巴。

9月16日，基辛格借在芝加哥举办情况介绍会的机会，一下子把西恩富戈斯港的情况全部抖搂给了到会的记者，并且严厉地宣称："如果我们把'北极星'潜艇开进黑海，你们的报纸会怎么说？会不会指责美国政府在玩火？要知道，当一方已经改变重大部署之后，另一方就被迫采取相应

的措施。"

记者们完全理解了基辛格谈话的含意，世界各大报纸立刻抛出大量的报道，称这次潜艇事件为继1962年以后最严重的"古巴危机"。有的报纸甚至在计算，第一轮核导弹爆炸之后，有多少城市会幸免被摧毁的灾难。

回到华盛顿，基辛格立即约见刚从莫斯科回来的苏联大使多勃雷宁。听完基辛格的申述，多勃雷宁脸色惨白，他明白基辛格警告的深刻含意，立即答应向莫斯科汇报，并设法让事实得到澄清。

在僵持了一个多星期之后，基辛格终于得到了多勃雷宁的答复。他的政府并没有违背两国之间的谅解，西恩富戈斯港并没有进攻性的军事设施。事实上，从U2飞机以后的侦察照片中，可以看到苏联确实放慢了基地工程的建设，不久，工程就全部停止了。中央情报局提供的情报，有效地阻止了一场可能爆发的核危机。

博士失误

　　1973年春天来得比较迟，当5月份鲜花铺满大地的时候，美国中央情报局兰利大楼里，中心监视组发现了异常现象，间谍卫星传送的照片上，可以明显地看到，中东地区、埃及和叙利亚正在大规模集结部队，军队调动频繁，而且有向以色列边界集中的趋向。在运动的行列中，还发现了新的作战武器。经专家分析，他们刚花了大笔资金向苏联购买的新式武器就出现在这些运动着的部队中。

　　在中东，惟一能够跟中央情报局一同享用卫星机密的，是以色列的谍报组织"摩萨德"。"摩萨德"的情报专家分析了美国提供的消息后，客气地回答了中央情报局的征询，他们认为，无论是埃及，还是叙利亚，都不可能发动一次对以色列有实质性威胁的进攻。他们认为埃及和叙利亚调动军队的速度，更像是靠近正常运作的一种心理战术，目的是激发两国百姓一致对外，以缓解国内丛生的矛盾。

　　这真是"英雄所见略同"。以色列人不喜欢说吹嘘的话，中央情报局心里是一清二楚的。中东已经爆发过三次针对以色列的战争，阿拉伯人在前三次战争中根本没捞着一点好处，1967年的那一仗，不仅军事力量遭到十分沉重的打击，还丢失了大片领土。以色列的军队，因为有了缓冲地带和制高点作保障，显得更加强大，屡战屡败的阿拉伯军队，无论如何不会贸然采取主动行为，去进行一场毫无取胜希望的战争。再进行战争，无疑是采取自杀行动，任何一位略有头脑的指挥官都不会这么干。

　　这样的情况几乎整个夏季都在发生，中央情报局，包括他们的最高层领导，甚至包括总统和国务卿基辛格博士，都忽略了卫星所提供的情报。这就让阿拉伯人取得了缓慢的、却实实在在进行着部队集结的时间。

　　到了10月6日，华盛顿时间拂晓时分，以色列突然向中央情报局发出急电，说他们刚刚获得准确的情报，埃及和叙利亚将在数小时以后，联合向以色列发动战争。白宫立即召开了紧急会议，总统要中央情报局估计战争的可能性，与会的中央情报局人员还是无法相信"摩萨德"提供的情报，他们找不到埃及和叙利亚会在苏伊士运河和戈兰高地发动大规模协同攻击的确凿证据。中央情报局让白宫放心。

可是，中央情报局这一次的确是犯了错误，萨达特总统在这一天下午真的下令发动了强渡苏伊士运河的战争。10月6日，是以色列最神圣的节日"赎罪节"，按犹太人的风俗，这一天什么活动都得停止。埃及人瞅准了这个机会，迅速突破以军防线，以色列所倚仗的"巴列夫防线"被突破，没有驾驶员的坦克、缺乏飞行员的飞机，统统成了埃及人瞄准的最好靶子，以色列损失惨重，以色列军队不可战胜的神话不攻自破。这就是"赎罪日战争"。

赎罪日之后，以色列人在突然降临的灭顶之灾面前清醒过来，他们利用刚从美国获得的最先进的坦克，在西奈半岛跟埃及的苏制坦克群进行了空前规模的坦克战，双方都出动了几百辆坦克对攻。一战之后，以色列凭借先进的制导式武器，击溃了埃及的坦克群，无数坦克在沙漠上变成了一堆堆废铁。以色列终于扭转了战局，重新成为中东战场上的胜利者。但是，紧接着来的是国际的干预，无法回避的艰难的谈判，虽然以色列人还是中东的强者，但在这一仗之后，他们再也不敢轻视阿拉伯人的战斗力了，旷日持久的和平谈判取代了战争。

第四次中东战争——"赎罪日战争"终于停止了，但这次战争给了中央情报局和"摩萨德"的情报专家们深刻的教训，用美国的国务卿基辛格博士的话来说，在1973年10月，美国和以色列在情报上最大的失误是错误地低估了阿拉伯人捍卫民族尊严的决心。

1973年10月以前，以色列人一直认为自己的军事力量强大无比，使埃及处在无法进行平等谈判的耻辱之中。诚然，要再跟以色列开战，阿拉伯人仍旧无法取胜，但是即使是一场无法取胜的战争，对阿拉伯人来说，也是十分必要的。这场战争会在中东制造一场深刻的危机，危机可以导致严肃认真的谈判。只有让以色列人在国际压力下，老老实实坐下来跟阿拉伯人进行平等谈判，阿拉伯人的战略地位才能有所提高。

萨达特选择了以色列人的"赎罪日"发动进攻，使得这次战争带有强烈的突发性，至少可以在开头一阶段打得以色列人晕头转向。出其不意的

　　进攻，教训了以色列人，大大增长了阿拉伯人的志气，让阿拉伯人相信，在今后，自己是完全有可能取得更大胜利的。这种效果，也是美国和以色列情报人员始料不及的。

　　基辛格博士在事后坦率地承认，包括他本人在内，美国情报部门没有想到，萨达特总统为了在中东制造一场深刻的国际危机，不惜发动一场可能无法取胜的战争。他说："我们在寻找原因时，没有认真考虑过用无法取胜的战争挽回自尊这一想法。"

　　智者千虑，必有一失。何况是不可一世的中央情报局和以色列情报机构"摩萨德"呢？自认为自己的陆军和空军已所向披靡，可以到埃及"带回一辆苏式坦克"，或者到贝鲁特"挨家挨户搜寻恐怖分子"的以色列人，连同那位高水平的博士，都犯了极大的错误。

孤胆 "鼹鼠"

    1927年2月1日，京特·纪尧姆出生在柏林郊外的一个小镇上，他是家里的独子。1949年，纪尧姆开始在德意志民主共和国最大的出版社"人民和知识出版社"担任摄影师，后来又到苏联基辅去接受专门的间谍训练，学会了看地图，掌握了无线电技术、密码，特别是心理分析法。

    1956年年底，纪尧姆被召到国家安全部，命令他立即去联邦德国从事间谍工作，他的任务是设法打入该国尚处于在野地位的社会民主党内，然后一级一级向上爬，争取进入最高领导层，并帮助这个党夺取国家政权。显然，这与一般窃取情报的间谍不同，在西方，人们把这种长期潜伏的间谍称为"鼹鼠"。国家安全部还告诉纪尧姆，在联邦德国他将单枪匹马进行活动，得不到任何支援，而且万一被反间谍机构发现，也不可能得到救助。

    从这时起，纪尧姆就开始了他长达18年的潜伏间谍生活，成为一只真正的"鼹鼠"。

    纪尧姆和妻子先开办了一个照相复制和胶版复印所，后来又到一家糖烟酒商店工作。这时，西德反间谍机关截获了一份从东德发给纪尧姆的奇怪电报，这实际上是东德国家安全部同纪尧姆接头的暗号，但在当时没有引起反间谍机关的注意。

    纪尧姆默默无闻，就兢业业地干了5年。1961年，在柏林墙建成后不久，他当上了社会民主党的副书记，预谋已久的工作渐渐开始上了轨道。也正是这一年，执政的基督教民主联盟感到力不从心，要求社会民主党参加执政，与他曾见过面的柏林市长勃兰特担任了外交部长。1969年10月21日，勃兰特当上了西德的总理，纪尧姆成为总理的私人政治助理。

他的办公室就在总理勃兰特办公室的楼上，凡是总理能接触到的国家机密对他都不是秘密，除此之外，纪尧姆还有一个习惯，就是喜欢同人闲聊，弄得总理府上上下下都欢迎他。他利用这一切机会获取了大量极为重要的情报。党内的气氛、领导人之间的矛盾以及勃兰特总理的身体状况与对各项重大事件的反应等，他都如实映现在眼中，也就是说随时会传达到东德的间谍机关。

纪尧姆的大丰收证明，东德的"鼹鼠"策略是明智而且成功的，因为这才是一只"鼹鼠"的收获。不过，这些"鼹鼠"的命运总是悲剧性的，每当他们达到登峰造极的顶点时，他们的暴露也就难以避免了。

纪尧姆在他18年的潜伏生涯中，曾有三次引起反间谍机关的怀疑。1957年年底女间谍西贝尔被捕时和1972年与纪尧姆接头的联系人被捕，这两次所露出的破绽只是被反间谍机关看成巧合而忽略过去了。但是紧接着，1972年5月，间谍记者格斯多夫被捕时，反间谍机关不得不慎重考虑纪尧姆的真实身份了，因为这个记者一贯自称是纪尧姆的好朋友。

但这件事还是被总理勃兰特挡过去了，因为总理无论如何不能相信自己的亲信会是敌国的间谍。

于是就形成了一种近乎荒唐的局面：勃兰特总理几乎是在充当反间谍人员，而已经暴露的间谍纪尧姆照旧可以接触国家的各项机密。间谍陪着总理和他的家属到挪威度假，他负责通讯联系，最重要的电报都经他的手发出……

这种离奇的情况对反间谍机关是很大的压力，他们不得不以更多的力量来监视纪尧姆的一举一动。

纪尧姆很快就发觉了这一情况，他迅速停止了一切可能暴露身份的活动。所以，尽管反间谍机关自1973年8月到1974年3月不间断地跟踪了他8个月之久，却什么有价值的东西都没发现。还有一次，纪尧姆决定到法国南方去度假，反间谍机关认定他是要潜逃。可他们紧紧地盯了他3个星期，结果什么事也没发生。总而言之，在假期结束后，纪尧姆若无其事地开着小汽车回到了总理府。

西德的反间谍机关最后实在是忍受不了这样漫长的捉迷藏游戏

了。他们终于作出了决定：逮捕纪尧姆。1974年4月20日凌晨，4名西德刑警奉命逮捕了勃兰特的私人政治助理纪尧姆，因为他是东德派遣来的"鼹鼠"，也就是长期潜伏的间谍。这一事件使得西德深感震惊，勃兰特总理也被迫辞职，新闻界也大肆宣传，说这是二战以来最惊人的间谍案之一！

而反间谍机关称纪尧姆为二战后"最活跃、最能干的一名间谍"，因为纪尧姆给西德造成的损害远远超出了那些凭凶器和流血取得成果的小间谍！

真假博士

美国中央情报局雇员威尔姆斯奉命到总部报到，等候他的任务是帮助策划一次秘密行动，让身居高位的那位博士偷偷地溜到中国北京，去进行一次可能改变世界政治格局的谈判。

跟那些只懂得暗杀、暴动的其他间谍不同，威尔姆斯是个颇有政治头脑的高层次谍报人员。他深知中美两国领导人的会谈，将会产生巨大的政治效应，他为自己能参与这一场秘密行动而自豪。况且，伊斯兰堡这个第三世界国家的首都，无论是保安工作和与外界的联系，都显得那么落后和幼稚，别说是送一个人出入飞机场，就是想秘密运送一个师的机械化部队，也应该不费吹灰之力。威尔姆斯只把此行当作一趟例行的休假。

作为总统国家安全助理的博士先生这次出访，打着到亚洲了解情况的幌子，第一站并没到伊斯兰堡。这种安排的目的，当然是想骗过天下之人。可是，博士一行刚到亚洲，威尔姆斯立即嗅出了不祥的气味。阵容不算庞大的代表团身后，拖了一条大大的尾巴，鼻子比猎犬还灵的各国通讯社记者们，不约而同地蜂拥而至，不断把博士在亚洲的一举一动，报道给各大报刊。博士的亚洲之行，看来已经是无密可保。

最让人担心的，是记者队伍中间有一位英国《泰晤士报》的记者查尔斯。这位跟英国王子同名的记者一向以紧追不放出名，要在他面前打马虎眼实在是不易。查尔斯就是因为作过许多惊人的报道，被称为"王子记者"。

尽管博士一行还在按部就班、慢条斯理一站又一站"了解亚洲情况"，威尔姆斯却从漫不经心中振作起来。他从中央情报局总部调了几位有关人员到队，又跟博士本人秘密商讨了几次，一个周密的瞒天过海的计划开始形成，只等大队人马来到伊斯兰堡，计划就要实行。

以总统国家安全顾问为首的访问团，终于来到他们亚洲之行的最后一站伊斯兰堡。和前四站一样，博士成天忙于外交活动，跟该国一位又一位领导人会谈。不仅是当地报纸，世界各国的报纸上依旧每天刊登博士访问的消息，并附上博士的照片。

可是，两天之后，各大报纸上博士的消息突然中断，谁也不清楚这位大人物到哪儿去了。当地官员跟记者们一样莫名其妙；外交官员、大使馆人员一律宣称，对此事"无可奉告"。

这么一位知名人物突然"失踪"，立刻引起了随行的各国记者的警惕。记者们议论纷纷，各种各样的猜测登上了各报的头版，可是谁也无法提供博士动向的正确消息。

两天后，《泰晤士报》刊登了"王子记者"的独家新闻，宣称经记者深入采访，确定博士本人因水土不服染上了急性肠炎，目前正在离伊斯兰堡数十公里的一处别墅疗养，看来还需一周左右才能痊愈回国。

看来，查尔斯先生确实又一次发挥了自己记者的天才。当"博士失踪"的消息传开后，他立即出没于博士曾经出现过的地方，几经周折，他找到了博士下榻处的一位厨师。这位厨师正在酒吧借酒浇愁。看在查尔斯那一笔小费的面子上，厨师告诉"王子"这一次自己是倒够了霉，他无论如何想不到自己做的西餐会出毛病，让几位大人物染上了肠炎，害得自己的饭碗也砸了，下一份工作还没有着落呢。

老到的查尔斯当然不会轻信一位被炒了鱿鱼的厨师一面之词。他又去找博士下榻处的医师，谁知医师都跟着走了。查尔斯接着去找医生的家属，才知道医生到了几十里外的别墅。

查尔斯当即跟踪追击，来到了博士休养的别墅。跟来的医生没找着，却找到了别墅的医生。据这位医生说，新来的病人有好几个，其中一位好像是位大人物，戴着副宽边的眼镜，周围有好些人做保安，人们都称他"博士"。查尔斯当然不会当面问他博士是谁，心里可吃准了这便是自己追踪的对象。于是，一篇震惊报界的独家新闻便产生了。

博士养病的独家新闻一见报，新闻媒体的疑问尽释，查尔斯的名声也更响了。得意之余，当晚查尔斯到酒吧饮了个七八成醉，糊里糊涂开车出去兜风，不知不觉来到了伊斯兰堡国际机场。

夜已深了，机场的跑道上还停着一架大型客机，一队人正从车上下来，往飞机走去。查尔斯醉眼朦胧，只觉得人群中有两个人十分眼熟。那不是博士的随员吗？再细看一眼，人群簇拥着一位身材不高的人，他戴着顶宽边的草帽，大大的墨镜遮住了半个脸，怎么跟博士这么相像？查尔斯心中猛然一动，转身走近机场入口处，问卫兵道："这么晚了，飞机往哪去？"卫兵大约因为加班耽误了回家，没好声气地回答："去哪儿？还不是去北京！"

一句话好像晴天霹雳，震得查尔斯呆呆地站了半晌，这才猛然拔步奔向汽车。他开车回伊斯兰堡，立即向自己报社发了只有一句话的新闻："博士一行秘密访问北京。"他明白了，别墅里那位"博士"肯定是位外貌相似的假货，那位医生或许根本不会认识真的博士。该死的中央情报局利用这些骗了自己，还用自己的声望骗了整个世界。

可惜的是，《泰晤士报》当晚的值班编辑根本弄不懂这一切。他嘟哝了一句："查尔斯恐怕是喝醉了！"接着便把电报扔进了废纸篓。

自告奋勇当间谍

1914年9月5日，星期六，灿烂的阳光映着万顷碧波，英国皇家海军所属的一支警卫浅水舰游弋在海军基地里。下午4时，突然一阵剧烈的爆炸声打破了和平宁静的海面——"开路者号"巡洋舰迅速下沉，舰上仅有270名人员死里逃生。

这一起初被人认为不可思议的事故，实际上具有历史性意义。因为一艘航行中的军舰，甚至在有护航的情况下被一艘潜艇击沉，这在整个海战史上尚属首次。"开路者号"的爆炸既是U21潜艇的胜利，也是德国间谍洛迪刺探情报的硕果。

洛迪于1877年1月20日出生在一个古老的普鲁士官吏及军官世家。他孩提时代就梦想成为海员，后来他长大了就偷偷离家，在"天狼星"上当了一名水手。当他22岁时，他被派往海军学校学习了一年，毕业后他经过严格的考试以及凭着自己的勤奋顺利通过了船长考试，可惜的是他不幸因患重病而被迫放弃了海上航行。他只好来到一家德国海运环球公司当了一名领队。

1914年一战爆发前，洛迪当即以海军中尉的身份向参谋部报到，他说自己志愿充当间谍前往英国刺探情报，可情报处的军官面对这位业余间谍只是一个劲地敷衍。洛迪既不气馁也不沮丧，在第二周就弄到了像美国护照(凭它可在欧洲通行无阻)那样必需的物品——现在这位业余间谍是谁也撵不走了。

1914年8月初，英国反间谍机构在一次闪电式夜间大搜捕中，已将德国间谍一网打尽。洛迪就是在这个时候匆匆告别一无所知的亲人，到达了英国，当然他所需的费用全靠自己掏腰包。

洛迪到达的爱丁堡正处于英国海上力量的心脏。每天清晨，他都同一大批美国人结伴而行，并尽可能多地观察，以便获得信息。五天以后，洛迪就已经搜集到足够的情报，并往回发出第一份报告：务使失效，约翰逊病重，损失四天，即将起程。这是一份极有价值的情报，德国海军参谋部翻译后得知：四艘战舰正在检修，福斯湾尚有许多大型战舰，不久即将离港。于是德国潜艇迅速发动攻击，于1914年9月5日下午击沉了"开路者号"。

不幸的是，这位业余间谍犯下了一个错误：虽然他8月31日的第一份报告顺利到达了柏林，但9月6日发出的第二份报告却被英国邮件监察站截获了，邮件的内容使得疑点更加浓厚。9月30日，洛迪拟就了他最后一份报告，报告中是有关他利物浦之行窥视到的舰艇外观、结构和装备等的详细说明。他根本不会想到这封信又被英国反间谍部门截获，从而注定了他的最后命运。

1914年10月20日，洛迪与一位游伴到达基拉尔内后，便一起下榻于南方大酒店。洛迪正坐在那里吃晚饭，饭店里传出阵阵悠扬的乐曲，这时只见一位巡察官带着几名警察走到他的跟前。无论他怎样解释说他是美国公民，这位业余间谍还是因涉嫌从事间谍活动而被逮捕。

在搜查他的房间时，发现了不少令洛迪汗流浃背的物品：德国金币、电报稿、记事本，等等。这位把职业间谍所有行事常规一概置之脑后的德国军官被囚禁于惠灵顿兵营。

紧接着就是审讯(在英国公开审理间谍案还是史无前例)，当法官问他是否承认有罪时，洛迪断然答道：无罪！因为我不是间谍，谈不上背叛出卖，我不过是作为一名军官在敌国战斗而已。法庭最终认定，洛迪行事的目的不是为了获取金钱，他在英国逗留的一切费用均为自理，洛迪最后以"战时叛逆行为"的罪名而不是以间谍的身份被判处死刑。

最后一个夜晚，英国里约德上尉为他送来香烟和一瓶葡萄酒，临别，洛迪将自己的银烟盒与贵重的手表赠与了他。

第二天清晨，指挥官走到洛迪面前，向他伸出一只手说，请允许我与你握别。洛迪笑道，你愿意和一个间谍握手吗？指挥官说，你说得不错，我的确不会跟一个间谍握手，但向一位勇敢的德国军官致以最后的敬意却是我无所顾忌的。 两个人的手紧握在一起。 片刻之后，第一次世界大战中英国处决的第一名德国间谍便离开了人世。

换装的间谍

在冷战时期，苏联和英美等西方国家之间的情报战相当激烈，其中有不少惊险而刺激的间谍故事，但也有不少相当笨拙而可笑的表演。

20世纪70年代和80年代，有不少英美间谍是以使馆人员的身份作掩护在莫斯科工作的。中央情报局女间谍玛尔塔·彼得森的对外身份是美国驻莫斯科使馆副领事。当时的英美间谍有一个习惯：为了让苏联情报部门不怀疑他们的公开身份，在执行特殊任务的时候，他们常常自以为聪明地进行一番乔装打扮，变换装束似乎成为顺利完成任务的必要条件。彼得森也没有例外。

1977年7月15日，她奉命前去秘密地点，给打入苏联外交部的安德烈·奥戈罗德尼克送"鹅卵石"。

彼得森将车停在"俄罗斯"影院后，匆忙走进放映厅，那里已开始放映电影《红与黑》。盯梢的人远远地看着她，因为她穿着十分显眼：白底大花连衣裙。

她坐在紧急出口处的座位上，装模作样地看了十多分钟。当确信没人注意自己的时候，她文雅地掀起连衣裙，拽出黑色裤子和上衣，扣好扣子，松开扎在一起的头发。

装扮完全变了样的彼得森离开了座位，她现在已变成"黑衣女子"。她没有走向自己的汽车，而是坐上公共汽车，然后换上无轨电车和地铁，来到了克拉斯诺卢日斯基桥。而埋伏在那里的人早就等着她呢！

当彼得森在秘密联络地点放东西的时候，突然烟火迸发，一片通明。此刻，这位副领事摆开架势，同抓捕她的人练起跆拳道来。可这在弗拉基米尔·扎伊采夫面前实在是太自不量力了。后者是整个克格勃著名的散打高手，不费吹灰之力就制服了这名女间谍。

彼得森被带到克格勃总部，美国使馆参赞立即受到召见。当着参赞的面，打开了伪装成"鹅卵石"的匣子，里面发现了指令、调查表、微型相机、黄金、钱币和两瓶剧毒药片。

美国驻莫斯科使馆二秘迈克·塞列尔也是如此，他剃了个嬉皮士发型，粘着假胡子，头戴滑雪帽，长发披肩。1986年3月10日，他在同绰号叫"科乌尔"(沃龙佐夫少校，克格勃莫斯科市和州管理局工作人员)的情报人员接头时，就是打扮成这个样子被抓住的。

未卜先知的奇才

　　杰佛里·佩里是一名普普通通的物理教师，他的家住在离伦敦很远的郊区。尽管他这里很偏僻，但经常有"不速之客"登门求教。邻居们觉得这个沉默寡言的家伙很神秘，不知有什么来头，所以从不带孩子到这位老师家去。佩里也不像其他乡村教师一样经常家访，他每天一下课就回家闭紧了院门。前来他家探访的人都在深夜时出出进进，谈话时声音很低，而且这些宾客都是来去匆匆、鬼鬼祟祟的。

　　一天晚上，在淡月星光之下，一辆福特牌轿车悄然停在佩里的院门外，一个身穿黑披风的人影闪到门前，按了按门铃，门顿时开了，佩里迎了出来，将黑衣人引进院里，随即关上了院门。

　　"呵，老朋友，我等你多时了！"杰佛里·佩里一双豹眼闪烁出惊喜的绿光。来人脸上露出狡黠的笑容，从怀里掏出一大把美钞按在佩里的怀里："给，这是上次的报酬。"

　　佩里接过美元数了数，然后塞进口袋，随即从桌上的纸堆里抽出一张纸条递给黑衣人说："这个你感兴趣吗？"

　　黑衣人朝纸条上扫了一眼，立刻接过去塞进帽檐里，激动地说："这太好了！你真棒！"说完像旋风似的闪出院外，开车走了。

　　这个黑衣人不是别人，他就是美国航天局2号间谍哈里。时隔半小时，美国航天局就收到哈里的密报："据可靠消息，在莫斯科北面550公里处的普列切茨克，有一个重要的发射场。这个发射基地隐藏在密林深处……"

　　美国航天局如获至宝，为掌握这个发射场的准确方位，随即发射了一颗间谍卫星监视这一地区。结果惊异地发现，苏联的人造天体有一半是从这个神秘的基地发射升空的。哈里又在美航局立下大功，其实这一情报就是从佩里传给他的那张纸条上得来的。

　　1977年，佩里又发现苏联突然提前收回一颗间谍卫星，他立刻通报国家间谍机关，英国情报部门对这一不同寻常的举动非常关注，反馈给首相研究。首脑们经过缜密的分析后认为，这一举动发现得及时，从这一地区的形势上来看，苏联这一举动很可能与动荡不宁的阿富汗内乱有关。随后，他们向有关国家发出震惊人心的警告：苏联将有大规模的军事行动！

　　时隔不久，苏军果然大举进犯阿富汗，坦克像蚂蚁一样涌进喀布尔，战火烧红了整个阿富汗……

　　杰佛里·佩里的名字被英国首相记在日记簿上。许多国际问题专家都想探明佩里的身份，研究他分析国际局势的方法，可都被政府回绝了。佩里也只为政府指定的联系人和网络提供情报。那么，这个物理教师是怎样预知未来的呢？

　　原来，杰佛里·佩里是一个秘而不宣的卫星跟踪爱好者，他有着一副强健的体魄，拥有着超乎常人的旺盛精力和耐力。他早在孩提时代就向往着有一天飞向宇宙，去探索天体的奥秘。课余时间里，他看了大量的科幻小说，曾经逃学跟着一个热气球爱好者在天空翱翔了两个月，回家遭到父亲的一顿痛打。在学校里，他的文科水平很糟糕，可理科的成绩总是名列榜首。中学毕业那年，他想上军事学院，将来当个优秀的飞行员，可是威严的父亲说服了他，他被迫上了普通大学，毕业后当上一名指点孩童迷津的教师。

　　聪明的佩里并不气馁，他利用丰富的物理知识，将天文、地理及相关学科熔于一炉，练就了敏锐的洞察力。加上他有对国际形势分析的特殊癖好，使他能从宏观上准确地把握国际军事形势变化的走向，因而屡次见效。后来，无孔不入的国家安全局终于发现了佩里的才能。1981年，佩里又首先发现苏联开始试验空间反卫星系统的第一颗截击卫星，为此，他受到英国女王的嘉奖。

谜　　底

　　对于专门从事反间谍工作的人来说，谍海的风波绝不亚于一场厄尔尼诺现象。谁也吃不透在什么时候、什么地点，会掀起一阵滔天的巨浪，把苦心经营的建筑一股脑儿摧毁。间谍与反间谍的斗争中，又处处有司芬克斯神秘的谜语，你一旦猜不出它的谜底，立刻会有杀身之祸。一句话，这行当太诡秘，太冒风险了。

　　自20世纪70年代末开始，中央情报局的反间谍机构，就充满着难解的谜。那些谜像撞沉泰坦尼克号的冰山，有时候浮出了水面，一下子又消失在海底，让人捉摸不透。

　　第一个谜，来自兰利大楼。大楼里专门分析苏联报纸的专家，发现在授奖名单中，出现了几个熟悉的名字。经过反复核对，证明有三个是克格勃的情报人员—招募机构的官员。照理说，这种官员应该成为无名英雄，因为他们干的事，大多见不得人。但是这一次却异乎寻常。三个人中间，有一位居然获得了苏联英雄的称号，另外两位，也被堂而皇之地授予红旗勋章。根据公开的理由，给他们这种殊荣，是因为他们在自己的事业上，作出了对苏维埃共和国有重大意义的贡献。

　　这种褒奖，实在让中央情报局所有的人感到胆战心惊。一名从事招募间谍的官员能做出特殊贡献，岂不意味着他招募到了令克格勃欣喜若狂的间谍？克格勃的主要对手便是中央情报局，对方一次重大成就，无疑是美国的一次失分。但是，他们究竟挖去了怎样一位极重要的人物呢？谁也无法猜出这个谜。

　　第二个谜发生在美国海军的大西洋舰队司令部。20世纪80年代初，大西洋海军舰队司令官基德上将在一次例行的海上演习中，发觉苏联的潜艇自始至终像影子一般跟着自己。他对苏联潜艇的举止感到震惊，于是他突然改变了演习的计划，通知舰队转移到新的海域。

可是，苏联潜艇居然对他改变了的计划也了如指掌，依旧紧紧地盯了上来。这一下，司令官的头皮开始发麻了。他想到，假如这种事发生在战时，一定会给自己的舰队带来毁灭性的灾难，那是多么可怕的后果啊！

基德海军上将立刻召来自己的情报官员商量对策，他们都认为，如果说是演习计划落入了克格勃之手，第一阶段的情况是完全合情合理的，第二阶段完全改变了计划，苏联潜艇本该无法再跟得上舰队的步伐，可情况与预料的恰恰相反，恐怕是克格勃掌握了大西洋舰队通讯的秘密。

要在这次演习中改变密码是不可能的了，况且任何密码只要掌握了规律，作小修小改也无济于事。于是，基德上将跟情报官设计了让敌人暴露的计划。他们派直升飞机把命令直接传递给各舰舰长，然后用电讯发出另一套假命令。果然，当第三阶段演习开始以后，神秘的苏联潜艇一起赶到假命令指定的海域，再也无法对舰队跟踪侦察了。

演习结束，司令官向国家安全委员会送上了报告，指出一定有一个广泛接触过海军通讯秘密的官员成了克格勃间谍。可是，他究竟是谁？国家安全委员会查了好一阵，没有什么结果，只能不了了之。

第三个谜是克格勃的间谍、投到美国怀抱的尤尔钦科提供的。他在克格勃中曾参加过那位苏联英雄的授奖仪式，但是，其中的细节，克格勃的首脑们讳莫如深。他不但不能解开前面两个谜，反而让自己提供的情报成为恼人的第三个谜：那个危险的间谍究竟是谁？

谁也不会想到，疑案过了好些年，居然因为一桩家庭纠纷案被揭破。俄亥俄州的沃克太太发现丈夫近年来行动十分诡秘，总说要执行任务外出，而且绝不透露"机密"，有一次她居然在沃克先生衣兜里发现了一张去安大略湖游览区的飞机票，便认定丈夫有了外遇。她在家庭中一向是做主的，怎肯善罢甘休？于是，她雇了一位私家侦探，去调查丈夫的诡秘行踪。

调查的结果让沃克太太大吃一惊，沃克先生居然瞒着她私设了一个账户，账户上的款项不下50万美元；另外，他在一个隐蔽的车库中，还藏着一辆白色的高级轿车，每当外出公干，便驾着那辆车在高速公路上出尽风头。

诚实的沃克太太无论如何没法解释丈夫这些意外的财源，在进行了一番剧烈的思想斗争之后，终于走进了联邦调查局，告发了自己的丈夫。

　　联邦调查局迅速进行了调查，发觉这位沃克先生确实可疑。他是一位高级无线电技师，能够接触到许多有关国家机密的材料，他的那些家庭之外的活动，绝不是他对太太说的所谓公干。而是私人行为，而且每当这种行动发生一次，他的私人账号上便会增加存款，最大的一次达到15万美元。事后沃克招认，他每次外出，都是去跟克格勃间谍见面，为他们带去20个胶卷，那上面有美国无线电技术的最新资料，发展并训练他当间谍的正是成为苏联英雄的那一位。

　　特别令联邦调查局吃惊的是，沃克先生20世纪80年代初正在"企业号"航空母舰上任职，他担任的职务能够接触最敏感的密码、维修手册、通讯线路，他把这一切都拍了照送给了克格勃，难怪美国大西洋舰队会被苏联潜艇紧紧盯住呢。那一阶段，苏联潜艇截获的美国海军密电不下10万份。

　　三个疑问终于被一个答案破解，沃克这个对克格勃最有价值的间谍终于落入了法网。

垃圾里"捡"情报

　　窃取敌方的秘密情报，是现代战争中不可或缺的一个重要内容。在我们的印象中，大多数间谍都是衣冠楚楚、英俊潇洒、举止高雅、行为诡秘而灵活的，他们获取情报的方式和过程也是无不精彩而刺激的，但这个故事中的间谍却是一个例外。

　　故事发生在东西德国未统一之前。当时，美军在西德有一个导弹军火库，这个库里存放着"鹰式"和"尼克式"导弹。这两种导弹的秘密当然成了东德情报部门梦寐以求的目标。接下来就是要物色合适的间谍了。军火库中一个名叫阿哈姆·施纳德尔的司炉工进入了东德国家安全部的视线。

　　原来，施纳德尔有一个女儿名叫撒达艾娃，长得风姿绰约，楚楚动人，成为军火库内美军官兵积极追逐的目标。最后，一个年轻的美军士兵终于把撒达艾娃追到了手。作为美军士兵老岳父的阿哈姆·施纳德尔自然更加取得了美军的信任，利用他来窃取情报相当容易而保险。东德情报部门就看中了他这一点，于是便花重金收买了施纳德尔，让他来搜集有关情报。

　　施纳德尔是一个本分的锅炉工，并没有什么过人的本领，况且从来没有做过间谍，一点经验也没有，虽然备受美军官兵的信任，但情报也并不是唾手可得的。

　　但笨人自有笨办法。从此，施纳德尔每天除了做好他的本职工作——烧好锅炉外，还非常自觉勤快地坚持打扫院子中的卫生，清除生活垃圾，把军火库的边边角角都收拾得干干净净，为此还经常受到军火库美军军官的奖赏。然而美军官兵万万没有想到，施纳德尔每天都把从垃圾里捡来的"破烂"带回家中，从中挑选出有价值的情报存起来，等存到一定数量后，就用各种彩纸包成像礼物一样的小包送往东德。

这个办法虽然笨了点，却绝对安全可靠，极不易被人发现。就这样，在十几年的时间里，施纳德尔神不知鬼不觉地先后从美军这个军火库的垃圾中搞到了"北大西洋公约组织驻欧洲的兵力配备"、"北约武器弹药库库存清单"等极其重要的情报。施纳德尔每向东德交一份情报，都可以得到1 500西德马克的津贴。

1981年的一天，施纳德尔还从垃圾箱中捡到三份封面上印有"绝密"的文件，其内容是有关"鹰式"导弹的说明书和维护保养须知。东德收到这些文件后，除发给施纳德尔一大笔奖金外，还向他颁发了一枚勋章。

军事机密的泄漏让美军和西德安全机关大为震惊，但他们对施纳德尔的所作所为还是一无所知，照样对施纳德尔信任有加。

后来，西德国家安全机关经过长期侦察，才终于发现了线索，逮捕了施纳德尔。

"彩虹"号的沉没

1985年7月，新西兰奥克兰警察局遇上了一件十分棘手的案件。10日深夜，停泊在该市港湾的一艘外国轮船突然被炸沉没，船上一位葡萄牙籍摄影师佩雷拉当场身亡，整个奥克兰港区，哭叫声、惊呼声响成一片，仿佛遭逢世界末日一般。

让警察局长深感不安的是，这艘被炸船只名叫"彩虹"号，是举世闻名的绿色和平运动组织的旗舰。这艘平底船曾经插入美国夏威夷，反对美国进行核试验；又开近美国加利福尼亚的洲际导弹发射场，反对美国在瓜贾林岛试验导弹；这次正准备到南太平洋的穆鲁罗瓦岛去，进行对法国在该地区搞核试验的抗议。不料"出师未捷身先死"，"彩虹"号竟在绿色和平组织总部所在地奥克兰市港湾里被炸沉。要是查不清炸沉"彩虹"号的案件，别说奥克兰的警察局，即便是新西兰政府，也无法向拥有50万会员的绿色和平组织交代。这个国际性组织知名度太高，影响太大了。

新西兰总理接到奥克兰市的报告，深感事态的严重，他立即决定，由全国警察总署抽调侦破专家协助奥克兰警察局，组成由66名警员组成的特别行动小组，要求他们不惜一切代价，缉拿凶犯，平息可能引起的国际纠纷。

第二天，负责海面搜索的行动小组成员初尝战果。他们在案发地点十多海里外的一个海区发现了一艘在波涛中颠簸的充气橡皮艇，这种橡皮艇从未在新西兰出售过，根据对橡皮艇的分析鉴定，得知它是法国海军经常使用的一种。不久，他们又在附近沙滩上，找到了供潜水员使用的氧气瓶，瓶上明显印着法国商标，警方小心地从氧气瓶上取到了所有的指纹。

接着，在爆炸现场工作的小组成员又从港区的工人和船员口中，听到了一对欧洲夫妇表现可疑的故事。一位清洁工回忆说，当天下午，有一对30岁左右的夫妇，三次出现在"彩虹"号停泊的码头上，对"彩虹"号左看右看，一看到别人靠近便显出慌张的模样。

真是天网恢恢，疏而不漏。三天后，警察在开往惠灵顿的客轮检票口，发现了与清洁工人提供的信息十分相似的一对欧洲男女。他们持有瑞士护照，护照表明，这是对观光的夫妇，蒂朗勒先生和他的太太。

经验丰富的警察发现，蒂朗勒夫妇的护照在贴照片处有明显的伪造痕迹，他们立刻被扣押。事后的调查证明他们根本不是夫妻，而是法国对外安全总局的马法尔少校及普里厄上尉。但是，这一对法国特工除了对无法否认的事实点头表示同意外，根本不多说一句话，就连法国式皮艇上居然出现他们的指纹一事，也拒不表态，调查陷入了僵局。

但是，新西兰警察跟踪追击，发现这对假夫妻在五天前，曾经跟一艘名为"乌维俄"号上的三名法国船员有所接触。当警察在努美阿找到这船时，那三名法国船员已经离开，在空空的船上，警察们只找到一些先进的法制导航设备，以及一张奥克兰港的详图。即使他们后来在"乌维俄"号的出租公司找到了租这艘船的三位法国人的名字，也知道了他们的真实身份——法国特工，但那三人早已就离开了新西兰，发出通缉令也无济于事了。

最后，警察在那张地图上发现了一个名字：弗雷德里克·波利厄。通过电脑查阅，知道这位波利厄小姐居然是绿色和平组织的法语翻译，两个月前她告假离开了绿色和平组织，目前住在以色列，当然她的真实身份应该是法国的对外安全总局女间谍。

现在案情已经清楚，条条线索通向法国对外安全总局，是他们的马法尔少校组织了这次行动。波利厄先打入绿色和平组织内部，窃取了情报，画好了海图，交给总局，然后由马法尔少校亲自勘察现场，并指挥另外三名特工潜水靠近"彩虹"号，安放水雷。到规定时间，定时水雷爆炸，酿成大祸。要了结此案，必须去法国，追踪案发的源头。

在得到法国政府的同意后，新西兰警察来到了巴黎。他们发现，法国政府表面上十分支持他们办案，实际上却在大事化小，小事化了。因为对外安全总局的局长拉科斯特海军上将躲了起来，国防部长埃尼尔是他的好友，而埃尼尔是总统的亲信。

旷日持久的调查得出了一个结论：炸沉"彩虹"号可能是某恐怖分子"孤立的个人行动"，无法找出一定的目的和特定背景；也可能是某国特工部门故意栽赃，让法国为他们的行为承担责任，从而达到损害法国的目的。看来，"彩虹"号强大的冲击波大有平息的势头，法国总统已经决定，飞往穆鲁罗瓦岛核试验中心去欣赏另一个核冲击波了。

就在这个时候，巴黎最大的新闻媒介《世界报》以"巴黎的水门事件"为通栏标题，刊载了绘声绘色的长篇报道，详细地揭露了"彩虹"号被炸沉的经过。接着，法国的《鸭鸣报》、《快报》周刊也发表了自己通过其他渠道获得的内幕消息，并宣布已经查实了出手炸沉"彩虹"号的法国特工的姓名，并准备在下一期公布。

对外安全总局头头拉科斯特立刻成为众矢之的。法国总统无可奈何地承认了"彩虹"号事件与法国特工有关。总统的密友、国防部长埃尼尔引咎辞职，拉科斯特则被摘去了头上的"乌纱"。新西兰警察在反间谍战中取得了完全的胜利。奥克兰港又出现了另一艘旗舰，它是"彩虹"号的姐妹船——"绿色和平"号。

飞机迫降

　　到1985年下半年，美国的国家安全委员会对北非的卡扎菲巳经恨之入骨，他们让中央情报局制定了一个攻击利比亚的"玫瑰计划"，在这个计划中，埃及应该充当美国的盟友，发动先发制人的攻击，美国提供空中支援，把卡扎菲击毙在他的兵营里。

　　美国驻开罗的大使被召回华盛顿面授机宜，军事情报局的波因得克斯特随即访问了埃及，他会见了埃及总统穆巴拉克，向他提供了一系列由利比亚幕后策划恐怖主义行动的证据，提出了"玫瑰计划"，保证给埃及足够的支持。

　　但是，埃及一向不愿在别人后面亦步亦趋。穆巴拉克打断美国人滔滔不绝的话头，说："请注意，将军，当我们决定袭击利比亚的时候，我们自会作出决定，也只会按照我们自己制定的时刻表行事。"这位性情急躁的埃及总统充分地表现了自己的独立性，"玫瑰行动"不得变成一个灵活的防御性的措施。

　　就在这个时候，一艘载有438名游客的意大利游艇被四名属于巴勒斯坦激进派的恐怖分子劫持。他们把一名坐轮椅的69岁的美国人克林奥弗开枪打死，扔进海中，又把游艇开到埃及港口，要求埃及方面送他们回国。

　　白宫得到这个消息后，立刻进入了戒备状态。这是美国求之不得的借口，它可以让美国理直气壮地惩治恐怖分子，而无须顾及穆巴拉克的反对。

　　中央情报局早就摸透了穆巴拉克的脾气，知道他从不愿使用美国提供的保密电话，宁愿使用早已习惯了的普通电话，便立即下令自己在开罗的间谍人员，24小时监听埃及总统的电话，间谍卫星也开始重点监视埃及港口的被劫游艇。对自己的盟友也要进行监察，这是中央情报局间谍活动的一贯作风。

10月10日，有价值的情报终于出现，穆巴拉克和他的外交部长通了电话，电话的录音在半个小时之后便传送到了华盛顿，由中央情报局呈交国家安全委员会和总统。

在公开的场合，穆巴拉克宣布，四名劫船的巴勒斯坦解放组织成员已经离开了埃及。但是，窃听到的电话录音内容，却与此截然相反。穆巴拉克告诉埃及外交部长，四名劫船者仍然在埃及。他大骂国务卿舒尔茨是头"蠢猪"，居然认为埃及会听美国指挥，把劫船的阿拉伯人交出去，别忘了，埃及也是个阿拉伯国家，无论如何不会出卖自己的兄弟。

过了五个小时，第二个电话又被截获，从电话录音里得知：穆巴拉克提到，几个小时之后，一架埃及航空公司的波音737飞机将从开罗起飞，把四名劫船者空运出埃及，这架飞机现在已经停在开罗一个空军基地的跑道上。

中央情报局火速向总统和国防部提出建议，出动地中海任何一艘航空母舰上的美国战斗机，拦截埃及航空公司那架波音737飞机，把它迫降在北大西洋公约组织的空军基地上，对劫船犯实施逮捕。

这真是一个大胆的计划，但也是一个十分诱人的设想。正在芝加哥的美国总统里根，在与国防部及海军联系之后，立刻批准了中央情报局提出的计划，并把迫降地点定在西西里岛，意大利政府一定会同意审判这四名劫持了自己游艇的恐怖分子。

下午晚些时候，得到启发的国防部情报局依葫芦画瓢，得到了更详细的情报。穆巴拉克在作出决定之后，才知道了劫船的细节，了解到巴勒斯坦人枪杀美国游客的残暴行径，他勃然大怒，责问自己的情报官员为什么不及时向他报告真相。犹豫了一阵后，他还是决定按原计划遣返劫船者，并一再关照必须谨慎处理好遣返的全过程，防止可能发生的美国的报复行动。

现在，美国情报部门对四名劫船的恐怖分子抵达机场的时间、飞机的航班号，以及飞往阿尔及尔的航行图都已了如指掌。美国飞机在何处拦截航班的计划也都已落实，只等开罗的飞机起飞，计划就要执行。

当天下午3点40分，开罗军事基地戒备森严，等一辆轿车把遣返人员送到跑道上，四名巴勒斯坦人登上飞机之后，波音737飞机立即发动，时间算得十分准确，仿佛这架民航机就是通常开罗机场起飞的班机似的。

他们想不到，几乎在同时，从美国航空母舰"萨拉托加"号上，四架F-14战斗机一架接一架呼啸着滑出了甲板，在地中海上空等候着埃及航班的到来。

航班无法逃脱战斗机的拦截，四架战斗机很快从上下前后夹住了它，并发出信号，要它沿着战斗机指定的方向飞行。无可奈何之下，波音737飞机只得调转机头，改变航线，往北飞行，被迫降在西西里岛的一处空军基地上。

意大利的警察已把军用基地的跑道围得严严实实，四名劫船者被登机的警察带到了警署。第二天，意大利警方宣布，劫持意大利游艇、杀害人质的罪犯业已被逮，不日将公开审讯。

缉毒行动

　　弥漫在整个美国的毒品阴云引起了社会各界的不满，许许多多强烈反对毒品危害的人士开始把矛头指向中央情报局，指责他们在拉丁美洲的间谍和代理人直接参与了猖狂的毒品贩卖活动，这些政要有最好的例证：中央情报局在巴拿马的间谍和代理人、独裁统治者诺列加就是拉丁美洲最大的毒贩之一。

　　中央情报局也有一肚子的苦水。是的，当初为了防止反对美国的社会主义浪潮，巩固拉丁美洲这块"美国的后院"，中央情报局确实招募了诺列加将军这样的间谍和代理人。中央情报局运给他们武器，帮助他们上台，建立亲美的独裁政权。谁也没料到，诺列加们一旦成了当地的土皇帝，立刻跟势力强大的毒贩集团以及南美的毒品托拉斯勾结起来，把他们的独立王国，变成向美国本土贩卖毒品的桥头堡。在政治上，诺列加们也摇起与美国有摩擦的大旗，用来取得具有强烈反美情绪的社会各阶层的支持。真是养虎遗患哪！中央情报局真巴不得再找一个人，从明天起就替代诺列加呢！

　　但是，毒品王国的势力在拉丁美洲实在强大，他们有巨大的经济实力，用来收买和控制那些国家的领导人。贸然行事，弄得不好会让美国在该地区的利益受到莫大的损害。因此，中央情报局一向只得对参与贩毒的土皇帝们睁一眼闭一眼，投鼠忌器，他们也不敢在缉毒问题上动真的。

　　现在，情况发生了变化，如果中央情报局还像以前那样对贩毒集团不闻不问，势必会引起更大的不满，为了中央情报局的"清白"，他们不得不直接参加缉毒行动了。他们开始寻找愿意跟自己合作的政府，瞅准合适打击的毒枭，杀鸡儆猴，做出一点正义卫士的模样来，表示自己并不庇护毒贩，即使他们曾是中央情报局的间谍。

　　在众多的毒贩中间，中央情报局选准了国际毒品贩子胡安·拉蒙·玛塔·巴列斯特罗斯。跟玛塔打交道，中央情报局有旧恨在前。这位毒贩曾经参与谋杀美国禁毒局的调查官员恩里克的行动，还从中央情报局和联邦调查局鼻子底下脱逃，完全有理由把他交付给美国法庭审讯。

玛塔作为非法移民，在美国吃过五年官司，又被哥伦比亚逮捕过，每次他都花钱买通了狱吏，成功地越狱而去。他住在洪都拉斯，除毒品外，还经营武器贩卖，向洪都拉斯境内的非法武装运送过大批军火和其他军需品，洪都拉斯的警方因此愿意跟中央情报局合作，铲除这个毒瘤。

缉捕玛塔的计划终于得到了批准。中央情报局向拉丁美洲地区派出了前雇员、现在的军队情报官员克拉克上校，全面负责缉捕玛塔的任务。克拉克上校在拉丁美洲有良好的关系，能够得到当地军警的信任，凭他丰富的经验，可以避开一系列敏感的问题。

于是，克拉克上校穿梭般来往于美国与洪都拉斯之间，洪都拉斯的中央情报局的情报站也经常向兰利大楼报告计划执行情况。经过一系列的谈判，洪都拉斯政府内部主张逮捕玛塔的势力占了上风，他们跟克拉克约定，一旦逮捕了玛塔，立即交给中央情报局，中央情报局用一架没有标志的美国飞机，经由尼加拉瓜把玛塔押送到美国，因为洪都拉斯的法律不允许向外国引渡自己的公民。也因为有这条法律，玛塔才大胆地在该国过着体面、豪华和罪恶的生活。

一切都谈妥之后，中央情报局批准了克拉克上校的计划。过了两周，也就是1988年4月5日清晨，一支号称"眼镜蛇"的洪都拉斯国民警卫队包围了玛塔的住所，洪都拉斯的海关人员和美国的执法人员、禁毒局特工人员都到了场，展开监督计划的执行。

但是，当警卫队冲进住所后，却发现住所内空无一人，玛塔已不翼而飞，而中央情报局的特工人员明明看到，前一天深夜玛塔还未离开。这一变故立刻引起了猜疑，大失所望的美国禁毒局特工人员立即暗示说："只有庇护玛塔的人才会在事先通风报信，我们可不反对这次行动！"

这番话立刻引起了另一部分人的不满，一群人就在玛塔住所门前的大街上争执起来，不久，争论变成了吵架，最后甚至演变变成了相互的对骂。

就在一片忿忿不平的吵骂声中，有人大喊了一声："玛塔！玛塔来了！"果然，身穿T恤衫的玛塔，在做完晨练之后，慢悠悠地跑回自己家来。

　　全副武装的国民警卫队一拥而上，抓住了玛塔，并把他捆绑起来，送上了美国飞机。美国飞机一进入美国领空，执法人员就宣布了逮捕令，玛塔终于被逮捕了。这一次，他恐怕再也无法离开美国的监狱了，中央情报局绝不会让自己再丢一次脸。

　　成功地逮捕玛塔之后，中央情报局的头头们总算舒了口气。

阴差阳错成间谍

1988年以后，美国中央情报局跟它原先的巴拿马雇员诺列加间发生了尖锐的矛盾。中央情报局指责这位巴拿马的独裁者贪污国家财产，在国外的银行提取了2.5亿美元，存放到临近巴拿马的一个银行中；还抓到了诺列加和南美毒品商共同贩卖毒品的证据。中央情报局还不惜工本，用1 000万美元建立了一个针对巴拿马的电台，煽动巴拿马人民和下级军官推翻他们的暴君，扬言只要巴拿马人民打响第一枪，"为了运河区的安全"，美国就有可能直接对巴拿马发生的危机进行军事干预。

可是，诺列加不甘示弱，他在国内加强了对美国人的迫害，并威胁道，如果美国胆敢动手，这些美国公民就可能成为人质。诺列加胆大妄为的举动一下子吓破了五角大楼的胆，军方再也不敢和中央情报局进行二重唱。美国政府最高层次的领导，也担心直接出兵会损害美国的形象。于是，中央情报局只得偃旗息鼓，把一肚子的怒火咽了下去。

不料几个月之后，在巴拿马居然出现了有效的反诺列加行动。这是一项有计划的、极其隐蔽的独立行动，它考虑周密，运作老练，安全意识强，给诺列加的国防军制造了极大的麻烦，中央情报局因此立即振奋起来，也跟诺列加一样，开始侦察自己企盼已久的巴拿马国内强大的反对派力量。

侦察的结果让中央情报局喜忧参半，反诺列加行动，完全是由几个在巴拿马的美国商人干的。他们的首脑，是一位39岁的无线电爱好者，名叫库尔特·弗雷德里克·缪斯。缪斯有一次参加美国商人在巴拿马的组织扶轮社的午餐会，跟他的朋友谈到，自己曾用警用扫描器窃听到了国防军的秘密通讯，他甚至能监听巴拿马警察当局的电话，并记下了警察为镇压示威者准备采取的策略。

这一番自我炫耀式的表白居然收到了意想不到的热烈反应。在座的六位志同道合的无线电业余爱好者，居然也在干着相同的事。于是，他们相约，组成一个联络小组，每天传递自己在窃听中的收获，最后集中到缪斯那儿，由他编入一个特别的数据库。

缪斯确实是个天才，他从未参加过每个间谍必须接受的窃听和电子战训练，却能逐步更新自己的设备，提高窃听技术，从而获得了大量有关诺列加的绝密情报。在他的数据库中，储存着诺列加国防军参与毒品交易的记录，有巴拿马国防军准备拘捕反对派的计划；他甚至通过秘密途径，通知巴拿马的德尔瓦利，并帮助这位反对派的主席让他的副主席罗德里克躲开了巴拿马警方的搜捕，安全地逃出了巴拿马。

成功使缪斯和他的小组卷入了巴拿马的政治漩涡，他越发不可收拾，采取了更为大胆的行动。他计算出巴拿马国家电台的信号，和同伴一起，用定向天线、发射器和扩音器覆盖了政府发射台的信号，录制并插播了三分钟的反诺列加节目，要求这个独裁者让巴拿马人民进行自由选举。

国家电台被干扰、被插播的事件使诺列加的部队惊慌失措，他们拼命想侦破这个强大的地下反对政府的组织。但是，由于缪斯播放时间短，他采用的又是尖端的无线电设备，在一个无人居住的公寓里作自动广播，国防军一时无法查出干扰信息的来源，于是诺列加发表措辞强硬的声明，指责美国中央情报局的人员侵犯了巴拿马领空。中央情报局出于幸灾乐祸，闭口不谈这件事，可心里却感到莫名其妙，立即下令开动那1 000万美元的设备，查清巴拿马境内反诺列加斗争的这一行动。于是，诺列加的警察和中央情报局走到了同一条路上，追踪缪斯。

中央情报局毕竟技高一筹。半个月之后，当缪斯一天之内三次从三个不同地点播放了同一份反诺列加信息之后，诺列加的警察只在第一处扑了个空，而中央情报局却准确地找到了缪斯，并与他们发生了正式接触。

大喜过望的中央情报局并没有对缪斯的工作进行指导，让缪斯的信息不带任何亲美倾向更好。情报局只通过中间人送给缪斯一台更先进的设备，并让逃出巴拿马的反对派跟缪斯接上了关系，让缪斯接受他们的指导，这样的行动，比起情报局自己搞的所有名堂都要棒。

缪斯的活动又持续了一个多月，诺列加的警察终于采取全面出击的办法，破获了缪斯八处电台，缴获了价值35万美元的设备，抓住了缪斯，把他投进监狱。在那里，等候缪斯的是即将来到的死刑判决。

　　幸运的是，巴拿马的政局发生了变化。新的一轮选举开始了。诺列加千方百计妄图操纵选举，却遭到了惨败。不甘失败的诺列加采取了最愚蠢的办法，企图挑起巴拿马内部动乱，指使暴徒把当选的反对派副总统打得头破血流。

　　美国终于找到了出兵巴拿马的借口。在讨论入侵巴拿马军事行动的时候，中央情报局特别提出，这个号称"正义行动"的军事计划中，必须有一支突击队，去德洛监狱营救缪斯，因为情报局不能坐视自己一名极有价值的特工遭杀害。

　　被安全救出的缪斯立刻成为"正义"事业的英雄。他和家人在白宫受到总统的接见，他被接进中央情报局，受到情报局长的款待。然后，他被安排在弗吉尼亚州的伯克，逐渐被新闻媒介遗忘。他毕竟是一个活着的尴尬证人，证明业余的间谍有时干得比中央情报局更出色。

北非的大火

 1988年10月，中央情报局总部接到报告，北非的"狂人"卡扎菲正在沙漠中的拉巴特建造一座特殊的"化工厂"。这座工厂在完全建成之后，将能生产大量的芥子气和其他神经性毒气。显然，卡扎菲为了加强自己在远未实现和平的世界性争斗中的力量，正在力图增加自己的发言权。一旦他掌握了这些毁灭性的武器，世界力量对比的格局就会发生微妙的变化。中央情报局认为，必须通过一切手段，让利比亚的化学武器能力永远不能付诸应用。

 于是，一批资深的化学专家、军事专家以及经济情报人员组成了特别调查小组，对事态的来龙去脉开始了深入的调查。调查涉及机械、化工、金融，以及建筑诸多方面。

 十几个月过去了，拉巴特"化工厂"的来龙去脉终于呈现在人们面前。中央情报局的调查人员从卡扎菲国内持不同政见的人那儿，从利比亚与各国机械、化工进出口公司经理的来往账目中，搜集了大量的情报。

 对情报的分析证明，当时的西德一家大型化工出口公司——伊姆豪森化学公司承担了向利比亚出口装备的非法交易，一部分设备和原材料已经运抵拉巴特，只待基础厂房完工，就要进入装机和试运行阶段。

 美国的有关部门立即照会西德政府，理所当然地被西德政府否认了。于是，中央情报局立刻把自己掌握的情报转给了西德的情报官员，充分的证据反驳了西德的否定，并且对西德政府的情报部门施加压力，要他们采取切实的行动，跟中央情报局合作。

 调查工作花了19个月，接着便要进入实施行动的阶段。军方提出的强硬手段首先被否决。无论发动大规模的侵袭，还是派突击队去炸毁拉巴特"化工厂"的做法都是不可取的，因为那会招惹数不清的国际纠纷，总统不想再在一个错误的时间到一个错误的地点去惹一位不可理喻的人发怒。

剩下的办法只有制造一场事故，让拉巴特的"化工厂"自行毁灭，最好是变成一场卡扎菲自己造成的生产事故。

当然，派间谍到拉巴特去制造事故的办法不是最佳的选择。那样做花费精力太大，每一个环节都会遇到麻烦，只要在一个环节上稍有疏忽，或者遇到无法预料的因素，就会鸡飞蛋打，前功尽弃。

中央情报局的化工专家和爆炸专家受命提出了一个方案：把足以引起生产事故的因素隐藏到伊姆豪森公司即将运往拉巴特的机件和原料中，采用科学定时装置，等拉巴特的工厂运转起来，到一定时间，"化工厂"就会在大火中彻底被摧毁。

过了不久，这种装置就在中央情报局内部制造成功了。它的一半就是伊姆豪森公司产品的复制件，将会装进拉巴特设备的关键部位；另一半是运往利比亚的基本原料，它会引燃仓库里贮存的所有原料。

整个行动过程当然应该由德国情报部门去干，只有他们，才能使伊姆豪森公司没有丝毫察觉，更不会打草惊蛇，以至于惊动正志得意满的利比亚人。

一切都像舞台上演戏一般，按剧本展开着情节。当中央情报局"复制"的"化工"零件和原料按时运到利比亚之后，美国总统指责利比亚在筹建毒气制造厂，强硬地要求关闭这个违反国际公约的工厂。

利比亚怎么会听美国的？美国的声明如果真的有一点作用的话，那就是推着利比亚往前多走了一步。美国人既然知道了这个工厂，就得尽快投入生产，一旦有芥子气生产出来，美国人就不可能采取突袭、轰炸等激烈手段了。于是，拉巴特的工厂日夜开工，迅速地把毒气造出来。

一个星期过去了，就在工厂刚刚开始生产芥子气的化学剂的时候，工厂的大型主要生产装置的关键部位燃起了大火，接着，堆放原料的仓库也冒出了浓烟。也真巧，这个厂除起火部位外，其他的露天部位根本没有火情，因此滚滚的浓烟很快四处扩散，而被大火燃烧过的化学剂，不会造成对环境的危害。北非的这场大火实在处理得十分巧妙。

一场大火烧毁了拉巴特的毒气工厂，利比亚再也无法建造同样的工厂了。恼羞成怒的卡扎菲公开指责中央情报局利用高科技定时装置破坏了利比亚的工厂，并指责西德参与了这一破坏活动，宣布停止对西德付款并断绝对西德的石油供应。

西德政府矢口否认这件事与自己有关，并在三天之后宣布了向利比亚提供设备的公司名字，以违反国际法对伊姆豪森化学公司的总负责人希彭施蒂尔提起公诉。

而美国国务院的女发言人塔特怀勒除了否认他们在这次火灾中有任何作用外，还冷冰冰地告诉记者："我们对这件事并不惊讶，也没有任何不愉快。我们了解，这个工厂的化学剂燃烧后，不会给邻近的人们带来任何威胁。"

任何在场的记者都可以体会出塔特怀勒冷冰冰态度之下的得意之情。她一定对中央情报局的这一次重大胜利感到十分高兴。

九秒钟换装

1989年1月，中央情报局女特工芭芭拉·基斯来到莫斯科会见美国"鼹鼠"布利扎德。她头两天一直在莫斯科游逛，打扮得花枝招展：亮黄色上衣、红色超短裙、白色长筒袜、15厘米的高跟鞋、披肩紫色假发、遮住半个脸的大墨镜。监视她的人因此管她叫"五彩缤纷"。后来才知道，她如此打扮是为了迅速摆脱盯梢，也是同布利扎德接头的暗号。

"五彩缤纷"在同间谍接头的那一天，先把盯梢的人引到一个叫做"净水池"的地方，这是一幢四层楼房。侦缉人员立即分成四组：第一组的人留在车里继续拍摄"五彩缤纷"的活动；第二组绕过大楼，在后门站好位置把守；第三组埋伏到她出来时必经的地方——米亚尼茨卡；第四组跟着这位美国人，看看她要找谁。

在大楼入口处，侦缉人员碰到一个弱不禁风的黑衣女子，她头戴黑色三角巾，手持念珠，两眼看着脚底下，嘴里不出声地唠叨着什么。这是一个彻头彻尾的修女。侦缉人员侧身把她让了过去，接着就往楼上爬。从一层到四层，他们走近每家门口偷听，没有听到任何声音，楼道也鸦雀无声。见鬼，"五彩缤纷"消失了。他们来到街上，用对讲机问后门的同伴。那里回答说："没有，没有任何人出来过。"

糟糕，跟踪对象跑掉了。接着，他们回放起最后的摄像镜头，突然发现"五彩缤纷"在走进大门的时候在解上衣。9秒钟后，侦缉人员跟了进去，再过一秒，"修女"走了出来。她用双手拉了一下连衣裙下摆，然后小跑着走向米亚尼茨卡。通过对讲机问第三组，那里回答："是的，有这样一个人。我们还感到奇怪，天这么冷，她竟穿着单鞋。她伸着手跑上路，跳进过来的汽车。我们猜想女孩儿可能冻坏了，可她却无所谓，坐在车上还笑着向我们招手呢！"

已经清楚"五彩缤纷"到哪里去了。可她怎么能用9秒钟就让别人认不出来了呢?

  侦缉人员走进大楼,查看了垃圾箱。发现了亮黄色上衣、带高跟的鞋底、紫色假发和固定在假发上的墨镜,还发现一个撕断的松紧带,好像是扎头发用的,只是又长又细。

  两名侦缉人员对这些衣物进行了试验,想揭开她迅速换装的秘密。原来这是9秒钟的"戏法":"五彩缤纷"走进大楼,拽掉上衣、假发和墨镜。假发下面是黑三角巾。两手扯掉粘在皮鞋上的鞋底,拉下连衣裙下摆,抱起脱下的伪装衣物,扔进垃圾筒,总共只用了9秒钟。而红色超短裙只是黑连衣裙的衬里,用松紧带固定在腰上,女间谍拽断松紧带,超短裙就变到里面去了,而外面则成了黑连衣裙。